女性當自強

我的美麗功課

天然美容養生專家
李韡玲　著

Preface
代序

city'super 總裁
鄔嘉華先生

二十一世紀除了是數位時代的來臨，也代表着女性時代的抬頭。女性在男性主導的領域愈來愈活躍。政治圈有香港特首林鄭月娥、前世衛的陳馮富珍、德國的Angela Merkel等；商界有Facebook的Sheryl Sandberg、Pepsi Co.的Indra Nooyi、Oprah Winfrey等。看看由男性主導了一萬年的世界搞成怎麼樣？我們的過去及現在都充滿了暴力、鬥爭、仇恨、貪婪，美麗的地球也被人類蹂躪得體無完膚；是時候由女性出來拯救人類的文明與地球了！

當然不是要所有女性都變成超人及領袖。其實，只要女性愈自信、愈受平等待遇、愈受尊重，把女性特有的母愛、溫柔、體諒，在社會上發揮更大的影響力，便可以更有效地平衡男性的剛強、勇武、好勝。這樣，男女的平等、陰陽的平衡將會帶來更美好的世界。最近的「me too 運動」便是女性當自強的好例子，女性都勇敢地站起來向不公義説不。

Ling 姐是我眼中的模範女性。她自信而不驕傲，既獨立又合群，剛柔並重。她擁有精彩的事業，由編輯到節目主持，由時裝到美容，由寫作到營商，都表現得那麼揮灑自如；對家庭，又培育出品學兼優的兒子、美滿的家庭；朋友方面，也是相識滿天下，義氣仔女，在回饋社會上更不遺餘力；靈性方面，亦有虔誠的信仰。Ling 姐永遠都散發着由內而外的美麗與自在。

我認識 Ling 姐快三十年了。由她與大家分享女性當自強的智慧，無論你是男或女，我建議都要聆聽。

Preface
自序

遇強愈強

要強的女人都不愛原地踏步。總想走前一步，打開門也好，打開窗也好，探頭看遠一點的風光。在天時地利人和的情況底下，經過三個月的考慮，我懷着感恩之心，在沒有任何計劃底下，離開了替我出版了二十四本美容養生專書的經濟日報出版社。

以為就此結束了我的「出版」生涯，可是今年三月初，萬里機構的前總經理 Ivy Chu 來找我，問我可否試試讓他們替我至少出一本書，並說擔保不會令我失望。翌日，Citysuper 的總裁鄔嘉華先生問我可否在母親節前在他們的 Culture Club 搞個慶祝活動，最好能夠有本新書一併在 Culture Club 舉行新書發佈會。我回頭一想，彷佛冥冥之中有安排一樣，果真事有湊巧？

但時間緊迫嗰，只得個半月籌備、編印，可行嗎？我立即致電 Ivy 說明原委，她一口咬定說：「冇問題！」過了兩天，萬里已經調兵遣將派了四位同事來協助我選稿、組稿、寫稿，商量書名、

內容、宣傳方針、封面設計等等大方向。於是Citysuper同事、香港中華煤氣有限公司同事、三聯/中華/商務書店負責人、聯合物流公司、攝影師Ming N及Angie Ching和我公司的同事等都加入「陣線」。

就為了我這本《女性當自強——我的美麗功課》。前後不足兩個月，都在天時地利人和的情況底下完成。也讓我真正體會到什麼叫做遇強愈強；女性當然要自強囉！

在此再多謝台前幕後的一班手足！

愛你們的

李韡玲

寫於二零一八年四月十日深夜

Contents 目錄

010 chapter 1 內在美：為自己走出一片天

012 現代女性
014 女人與鏡子
016 鏡子是魔法棒
018 為自己走出一片天
020 人比人比死人
022 開心
024 笑容令人長青
026 因為微笑 所以年輕
028 驅走抑鬱 天天開心

030 chapter 2 凍齡美：讓皮膚年輕一輩子

032 護膚不是成年人的專利
034 小兒濕疹
036 月經疹
038 千日瘡
040 不自然的皮膚
042 敏感性皮炎
044 皮膚的無名腫毒
046 痕癢與海鹽
048 皮膚病患者的洗澡經
050 沖涼與肥皂

052 淋浴泡澡大不同
054 浸浴與皮膚
056 因為皮膚去看精神科
058 熱風筒與皮膚
060 油性皮膚
062 乾性皮膚
064 電腦與皮膚
066 妊娠期的皮膚
067 妊娠紋之謎
068 孕婦的皮膚煩惱
070 讓皮膚年輕一輩子
072 你適合做磨砂和面膜嗎？
074 去黑眼圈、消除皺紋的神仙粉
076 讓嘴唇滋潤性感
078 年紀與美容飲食
082 女人肝好 皮膚好

084 chapter 3 健康美：養生之道

086 健康地到一百歲
088 五福壽為最
090 養生細節
092 提升身體免疫力
094 鬱到病

Contents 目錄

096 需要猛太陽
098 飲杯肉桂蜂蜜茶
100 飲杯番石榴葉茶
102 爽快是養生的一門功課
104 慢食以養生
106 為甚麼要喝白開水
108 飲水與打嗝
110 睡前運動
112 告別失眠
114 情緒與便秘
116 泡腳梳頭搓腳心
118 日日泡腳可長壽
120 你適宜泡腳嗎？
121 泡腳的最佳時間
122 緩解高跟鞋「痛苦」
124 治療腳氣的泡腳材料
126 泡腳為何能養生
128 搓腳趾增強記憶
130 擊退腦退化症

chapter 4
132 堅強美：愛自己 保護家人
134 身體髮膚受之父母
135 指甲與健康

136 美目養成法
138 美麗必須連着健康
140 收緊骨盆底肌運動
142 生理和心理的保養
144 番薯與婦女更年期
146 別提早骨質疏鬆
148 女子當健膝
150 城市人不宜吃素
152 能補腦的食油
154 東方橄欖油（食用山茶油）
158 不是危言聳聽
160 積食與皮膚
162 消積食小法寶
164 養顏益壽揉腹法
166 愛自己 保護家人
168 世上只有媽媽好
170 孩子缺鐵性貧血
172 衣食無憂
174 家也是個文化沙龍

隨書筆記

我的美麗功課

Chapter

內在美

為自己走出一片天

學會取捨，學會放手，
學會尊重彼此的空間。
再忙，也要給自己預留
獨處的時間。

現代女性

許多年前，中文版《Cosmopolitan》訪問我有關自己添置鑽石首飾的看法。我從來不花錢買鑽石一類的首飾，雖然虛榮界大肆宣傳鑽石與皮草是女性的兩大不可或缺的恩物，但其實這個講法（思維）已經過時，且太小看我們女性，商人們為了賺錢不惜把女人說成一點個性也沒有。

當年，我負責中文版《Cosmopolitan》和中文版《流行通信》時，曾應Harry Winston珠寶店去欣賞他們的藏品之一、已故影星伊莉莎伯泰萊（Elizabeth Rosemond Taylor）曾經擁有過的乜乜之星鑽石，鵪鶉蛋一樣大小，看得人目瞪口呆。

女人愛比較，尤其手指上的那隻鑽戒，看見同事戴的是三卡拉的，自己的不過兩卡拉半而已，她就覺得

> 真正曉得交朋結友的人，都着重對方的品質和修養；外表？穿戴整齊又得體已經 100 分了。

面子放不下，於是設法要換隻三卡拉半的，還得看是否全美的，變成了一個無盡又不切實際的追求——這些例子看得太多。

香港當然是個十里洋場，出來交際應酬就怕給別人看扁，殊不知這些虛榮的玩意兒，包括甚麼甚麼名牌，早已過了時，沒有人會再留意。真正曉得交朋結友的人，都着重對方的品質和修養；外表？穿戴整齊又得體已經 100 分了。

女人與鏡子

行經鏡子，無論如何匆忙，我一定會往鏡子望一望，看一眼在鏡子裏的自己。不為甚麼，只因為我是女人。

從前認識一名打扮入時的女強人，每次與她應酬聚會，她坐的位置必須有鏡子，而且是與鏡子面對面的。一個小時下來，她可以一面談話（傾生意），一手拿着咖啡杯，一手撥弄髮鬢或者耳飾或者眼睫毛。

曾經有過這樣的一個實驗，測試穿着一式會衣的修女和款式簡單道袍的尼姑，經過鏡子前會否無動於衷？結果，十個出家人，十個都有意識的、無意識的往鏡子看一眼。那麼，我們這些在俗女人就更無話可說了。

於是，專家有話說了。女人出門前、進門後會照鏡子，走進洗手間第一件事就是找鏡子，總之，一天到晚都愛照鏡子。原因是，女人照鏡子不只是想看看自己的儀態和表情，也想看看自己在別人眼中是甚麼樣子的。

這樣也解釋了修女、尼姑也愛照鏡子，並不等於思凡，只是人性本能，看看自己的工作是否可以得到更多人的欣賞目光。除非她們過的是隱修生活，不必與外界接觸，不然，都會了解沒有人會歡迎撲克臉的。

鏡子是魔法棒

照鏡子是會令女人愉快起來的法寶之一。

每次走進講室開始我的講座前，我都會環視一遍座中的參與者，看看他們的表情。最常見的表情，是面帶笑容表示歡迎，也有木口木面滿懷心事的；全體參與者都是自願報名參與的，絕不涉及被迫出席的情況，何以會有如此勉強的神態呢？

當然，人心隔肚皮，每個人都會遇上不得已的一刻，但至少我肯定他們並非因為我主持的講座而情緒低落的，於是我會向着全體參與者説聲：「笑吓啦！這是最基本的天然養生容光煥發方法呀！」於是，木着口面的人都馬上從容起來了。

鏡子對女性來說，是一根叫人陶醉的魔術棒。本來哭着的，一看見鏡中的自己那副失魂落魄的儀容時，立即收斂了，揩乾眼淚，然後朝着鏡子擠出笑容，覺得這才是真正的自己——堅強獨立、漂亮、打不死。

所以，我每日起床做過簡單的伸展和拉筋運動後，必走進洗手間照鏡子，先來一個燦爛的笑容，讓臉部皮膚放鬆，讓心情放鬆。然後，穿戴整齊，漂漂亮亮地迎接新的一天。

為自己走出一片天

快樂，是長青不老的秘訣之一。

生活在人家夾縫中（位處中印邊境）的不丹，竟然是全球最快樂的國家。2017年中，中國、印度兩國在邊境磨拳擦掌劍拔弩張，情況對不丹相當不利，幸好西線無戰事，干戈已息。

還記得不丹立國百多年來的生活哲學是謙虛、隨遇而安嗎？這也是不丹的GNH（Gross National Happiness），中譯是「國家快樂指數」。他們要努力保持這片淨土，不被外界的現代化所污染，只維持與外邊世界的輕度接觸。他們重視人與自然的和諧關係，不為名利奔波而走得喘不過氣。也許一如《亞洲週刊》主編邱立本所言，不丹人的善治，有另一個做法就是「要從根源處減少慾望，不要在營營役役的操

"

隨遇而安就是平常心吧，得之不大喜，失之亦不會哀號，把得失用瀟灑的態度來處理，這種態度其實很浪漫。

勞中失去了生命的意義。」

把隨遇而安的哲學精神引伸到我們的養生方法上，一點都不容易，但其實又十分容易，這個完全得看我們自己如何調整生命的弦線和價值觀了。

隨遇而安就是平常心吧，得之不大喜，失之亦不會哀號，把得失用瀟灑的態度來處理，這種態度其實很浪漫。不丹深受藏傳佛教的影響，在信仰的力量和群山環抱中，性格自然樂觀。

人比人比死人

據廣州鍾南山醫生的養生實踐法，除了適當的飲食外，當然離不開運動，他特別推崇健走，並提我們每天堅持鍛練半小時至一個小時。就是光走路，不必搞其他花式。他認為一個人年過四十歲，就是體質衰退期，這時必須進行功能及體質鍛練，讓自己身體一切正常。鍾醫生也推薦練太極；我則推薦拉筋。

有讀者跟我說，拉筋好辛苦。當然，把硬了的腰腿變柔軟，不是三朝兩頭可以應付的功課，如果肯每天練習，一個星期就見效了。這時就是逆齡了，不是可喜可賀嗎？

此外，心理健康也是極重要的養生功課之一。我們必須學習如何駕馭自己的情緒，要令自己常常快樂。請謹記要做到這三種「快樂」——知足常樂、自得其請謹記要做到這三種「快樂」──知足常樂、自得其樂、助人為樂，你不僅長壽健康還青春常駐呢！

樂、助人為樂，你不僅長壽健康還青春常駐呢！

切記不要跟人比較，有道是，人比人比死人。鍾醫生說，人不是老死的、不是病死的，是氣死的。也許，就是這個意思。如果希望日日開心順順遂遂過日子，就要有快樂和睦的家庭生活；大部份不開心的人，其源頭都來自家庭。所以，鍾醫生說，要尊敬老人，要教育好子女，要處理好婆媳關係，夫妻要恩愛。

開心

遇上精神科李兆華醫生，我立即就「不開心指數」這個問題訪問了他，說香港有七成人活得不開心，怎麼辦呢？

「所以要自己尋開心囉！」這位舞林高手李醫生呵呵大笑說。

我當晚遇到李醫生的地方，正是有歌聽、有舞跳的，位於皇后大道東 QRE Plaza 的 The Fifties。因為得知「巨肺」威利會上台唱七、八十年代的歐西流行歌，於是大家聞風而至，李醫生夫婦便是座上客之一。

待他跳完「查查」返回座位後，我繼續追問有何化解不開心的方法。

李醫生舉起三隻手指慢慢說道：「方法有三，一是培養自己永遠朝積極方向思考，即是think positive。二是做自己喜歡做的事，但一定要有朋友一起做，可以分享快樂的。三是與開心快樂的人做朋友。」

李醫生補充，不開心的人是不愛活動的，對周圍的人、事毫無興趣，連打電話與朋友八卦一輪都不愛，即所謂了無生趣，一旦發覺自己去到這個地步時就要自我提醒。

雖然我仍是不太明白，不過這晚聽威利高歌一曲Andrea Bocelli的《Con Te Partiro》，已經非常非常開心。

笑容令人長青

出台表演之前，不管是演講、獨唱還是演話劇，心情難免會有點緊張，不知待會的演出是否能順利完成。有些人甚至會緊張得雙腿發軟，這時候如果臉上能綻放一個笑容，並一直讓自己保持着微笑踏出前台第一步，緊張就會豁然消失。

微笑可以令你放鬆，可以令你冷靜；我是個極需要保持微笑的人，因為我不夠冷靜，而且我貪靚。曾有位智者說過，永遠微笑的面孔是年輕的，永遠微笑的人是快樂的；只要不是笑裏藏刀就可以了。哈哈哈！一個真誠親切的微笑像一朵花，百看不厭。給沮喪的人送上一個鼓勵的微笑，彷彿沙漠裏遇到甘泉，人一下子就振作起來了。

微笑是短暫的，但它留下的卻是個永恆的記憶。所”微笑可以令你放鬆，可以令你冷靜；永遠微笑的面孔是年輕的，永遠微笑的人是快樂的。

以別吝嗇你的微笑，因為它可能是你通往成功的一條鑰匙，是接過了這個微笑的人的一枝強心針，從此看到了陽光。你永遠不會知道它的威力有多大，但你知道真心展現着微笑的你，心情愉快得像正在品嚐着你喜愛的貓山王。

因為微笑所以年輕

一個真誠親切的微笑，就像音樂一樣，是一個不必以言語表達的跨文化、種族、宗教的溝通方式。它代表了友善、慰問、諒解、和平、友愛。臉上常掛着一個和藹笑容的人，總予人漂亮、年輕的印象。

微笑時不單掀動了嘴角，其實是掀動了面部七塊肌肉。讓肌肉得到運動，促進血液循環，令肌膚產生光澤；所以每早起床後我必對着鏡子微笑，來一個大大的微笑。

微笑，令本來激動的情緒變得安穩；於是冷靜了，看事物也豁然清晰了，角度正面了。

常常保持微笑，不單讓人看來有氣質，而且有貴氣。這個跟一笑置之又不同，一笑置之是帶着一份無奈；來自真心的微笑，多少有種看透世情、超然物外，但又胸懷世界悲天憫人。

真正的微笑，是要令人看得舒服的，是要通過練習的。所謂「練習」，就是多微笑，保持微笑。不是皮笑肉不笑那種，不是笑裏藏刀那種。

讓我們一起來學習微笑吧！

驅走抑鬱
天天開心

正常人都愛吃。

除非食物十分不對胃口，或者你正在戒口期間，可以吃進嘴裏的食物就是幸福。我們的生命要靠食物來維持來延續。食物不僅可以養生、美容、凍齡、逆齡，還可以治病，特別是抑鬱症。

怪不得都說化悲憤為食量。你也有這個經驗吧？我們都會有情緒低落的日子，過一兩天低落情緒消散了、回復健康笑臉了，這是正常。但若持續兩三個月，就是患上抑鬱症了。

這種病又以女性比男性容易患上。女性的一生中會有幾個抑鬱症高發期：一是更年期，二是產後，三是青春期，四是經前期。有人會嚴重至有自殺傾向，這時候必須及早診治。作為家人的必須多加照顧和留意，才不致釀成悲劇。

當我遇上情緒低落的時候，我會馬上搬出我的力量，就是祈禱加深呼吸。不管你的信仰是佛教還是天主教還是回教，任何一種禱告都會使你起伏的情緒安定下來。

接着的力量就是運動，我會就地做十分鐘的拉筋，時間許可的話就去跑步或急步行。如果你發現自己常常情緒低落，常常不開心，那麼你該每日做運動至少二十分鐘。因為當你做半小時運動，腦垂腺和視丘下就會釋出一種叫「腦內嗎啡」的安多酚（endorphin），令你舒暢釋懷，所以有「快樂賀爾蒙」之稱。

有些食品可以緩解焦慮情緒的不妨多吃，例如：水果、蔬菜、朱古力、雞蛋、大豆、麵粉、米飯、花生、番茄、豆腐、熱牛奶、小米等。

祝你開開心心面對每一天。

Chapter 2

凍齡美

讓皮膚年輕一輩子

美麗是女性一輩子的課題，學會皮膚保養，膚若凝脂並不難。

護膚不是成年人的專利

從嬰兒開始，就必需要保護和保養皮膚了。因為皮膚是身體最大的器官，是一道屏障，保護着我們的五臟六腑和每一寸肌膚。這道屏障健康，我們就健康。

孩子的護膚應從保暖開始。

皮膚科專家梁志仁醫生説，今時今日許多父母以為在寒冷的天氣和地方，替孩子穿上厚重的衣服就是保暖。正確的保暖方法，應是穿上厚重衣服前，給孩子先穿着一件貼身的棉質底衫。那些厚衣服因為不貼身，風寒就會在衣服內任意穿梭。搞不好，孩子就着涼了，着涼此事可大可小。

給孩子洗臉、洗澡的水溫也很重要，不能太熱，但又不能不熱。太熱的話，不僅造成燙傷，還會把皮膚的油脂帶走，令皮膚乾裂。育兒專家教我們，父母應先用手肘放入水中測試水溫，手肘感覺不燙是為合格。

SLS 是甚麼？

SLS 的全名是 Sodium lauryl sulfate，中文稱為「十二烷基硫酸鈉鹽」。這成份的清潔力很強，製造商用它來產生許多泡沫，大部份呈現透明狀、清澈漂亮，但對肌膚的刺激性很大，濃度愈高愈容易導致皮膚乾糙及黏膜發炎。在許多洗髮精、沐浴乳、洗潔劑等等都有可能有這個成份，購買前要小心看成份標籤。

洗澡時不可用肥皂或沐浴乳，以防皮膚乾燥。應用不含 SLS 且含有護膚及舒緩敏感皮膚效果的洗澡液，如 Tsubaki Oil and Melissa Essential Oil Body and Hand Bath。每天給孩子用溫熱水洗臉、洗手兩次，用的清潔液也是上述的洗澡液；洗腳時的水溫不妨稍熱，以幫助血液循環，預防感冒着涼。

給孩子洗臉、洗澡後立即為他全身塗抹富含單一不飽和脂肪酸，並且與皮膚細胞異常親近吸收迅速的椿花油，這是近年內地兒科醫生十分鼓勵成人和小孩使用的護膚油。

給孩子保養皮膚的另一竅門，是讓他多喝溫開水、多吃蔬菜水果，以及讓他多吃富含維他命 A 的食物，如雞蛋、牛奶、動物肝臟等。

小兒濕疹

小兒濕疹，正確名稱應該是異位性皮炎。

皮膚專科醫生梁志仁在接受筆者訪問時説，三十年前小兒濕疹在兒童皮膚問題中，不過佔 10%，但今時今日是 20-30%（每一百名幼兒計算），多發生於出生後三至四個月大的嬰兒。原因未明，也不純是遺傳；愈進步繁榮的地區，小兒濕疹就愈發嚴重。三十年前當香港的小兒濕疹發病率還在 10% 時，日本、英美等地已有 30%；落後地區如非洲，小兒濕疹的發病率至今只是 1% 而已。這種小兒濕疹皮膚病，一般到了兩歲或十二、三歲發育時期就會自然痊癒。

梁醫生在皮膚科執業三十多年，從公立醫院行醫至目前的私人執業，眼見小兒濕疹個案有愈來愈嚴重的趨勢，但就是找不到發病的原因。

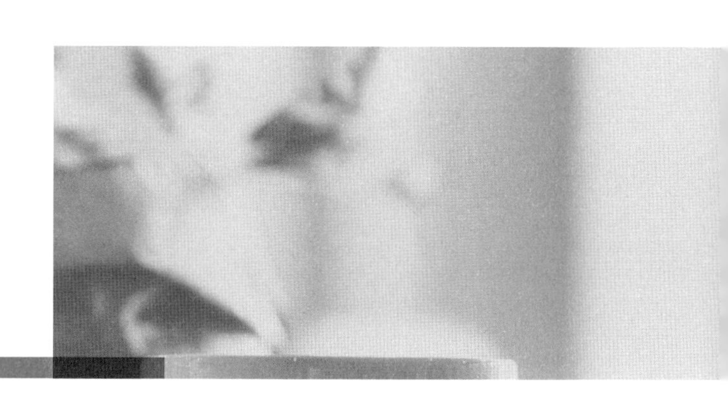

成年人忽然出現痤瘡、濕疹，就可用壓力、失眠等情況來解釋；而小孩的，就有點茫無頭緒。有人歸究食物如餵母乳、奶粉、嬰兒罐裝食品等等，甚或是衛生環境……但都是不正確的。是什麼令到孩子的內分泌出了岔子而有濕疹呢？答案仍然懸空。

月經疹

皮膚問題千奇百怪。

有一種皮膚病叫做「月經疹」，顧名思義，就是婦女在月經前幾天或月經期間出現的一種皮膚病。一旦經期過去了，皮膚又回復完好。

症狀是該女士的四肢、軀幹局部出現紅斑、丘疹、水皰、濕疹、色素沉着，還有痕癢。發病原因一般認為是由於月經來潮前，卵巢分泌孕酮（又稱為黃體酮、助孕素）突然增加，身體因此產生過敏反應所致。

當這些皮疹發作時，患者會有精神疲倦、煩躁易怒、失眠、食慾不振等現象。如果想趕快平息這些皮膚問題，我勸戒你在這段期間，應停止使用所有含有致敏物質和 SLS 的洗髮液、洗澡液和洗手液。

我也有朋友曾經為此而苦惱，她依從我的提議摒棄所有含 SLS 的身體清潔用品，改用不含致敏成份及不含 SLS 的用品，以及不含礦物油的潔面液。一旦用光了又趕不及補貨，她就用美肌食鹽（幼海鹽）來洗髮、洗臉兼洗身。

千日瘡

日前，新聞報道某女士到美容院接受美容療程期間，被「美容顧問」遊說去除身上的疣為藉口，軟硬兼施要躺在床上的顧客簽巨額費用，以接受更多的療程，包括去疣。於是，有讀者問：「疣究竟是皮膚上的甚麼東西？」

一般的疣又叫「尋常疣」，是由疣病毒引起的一種表皮疣贅。以前，老人家叫它做「千日瘡」，多見於兒童及青少年的皮膚上，部位包括手指、手背、足沿等處，但也可以生於臉部和頭部。初時只是米粒大小狀的隆起物，呈黃色或烏褐色，且會長大，可以演變至大如白豆般，表面粗糙，呈乳頭形的堅硬物。

起初的幾個星期，其數量可長期保持不變，也有人的疣是不斷增多的，有的不痛，有的會出現壓痛。如果是發生於指甲邊緣或指甲下位置，很容易有裂口而引致疼痛。這些疣一般在三年內自行消退，所以就叫「千日瘡」嘞！

記住，不要隨便用手抓患處，因為會自己傳染到身體其他部位的。我小學時見過同學手指和手背上的疣，同學說不癢不痛，但就是篤眼篤鼻！

不自然的皮膚

讀者Mary來找我，問我有甚麼辦法救救她的敏感皮膚。

眼前的Mary，皮膚很薄很細嫩，薄得連血絲都看得見，彷彿沒有角質層一樣。薄得不能曬太陽，我感覺她的皮膚很不自然，於是問她是否「做過手腳」？她說，年前做過果酸換膚。

原來，因為工作關係令她不斷出痤瘡，美容院的經營者就不斷游說她做果酸換膚，說可以根治痤瘡，令皮膚變得嫩滑如嬰兒。在不斷的轟炸式、催眠式、軟硬兼施夾攻下，她付錢「就範」了。結果，「變身」後跟她有痤瘡時更苦惱、更痛苦，心理壓力更大。她問我，這是不是皮膚濕疹？我搖搖頭，並建議她立即去見有信譽的皮膚科醫生。

"嚴格來說，敏感性皮膚不算是病，而是皮膚亞健康的一種高反應狀態。

Mary還有一樣令我吃驚的是，她聽信廣告購買坊間的外用激素藥膏塗抹，把皮膚搞得一塌糊塗。於是，我忍不住衝口而出：「你怎麼像個無知婦孺？」她不住傻笑點頭說明白，並問我有沒有可信靠的皮膚科醫生介紹。

各位，嚴格來說，敏感性皮膚不算是病，而是皮膚亞健康的一種高反應狀態。我從前也皮膚敏感，十多年前開始用天然護膚方法後，情況消失了。（上）

敏感性皮炎

當我們的皮膚患上皮膚病，或者接受過不妥當的激光術，或者外用過硫磺洗劑、維A酸類藥物、化學品、空氣污染、紫外線等，都可以導致皮膚角質層變薄，其屏障功能出現缺損、免疫功能降低，引致皮膚出現高反應狀態。

許多人常把敏感性皮膚與皮炎濕疹混為一談，當皮膚出現狀況時，不是去醫生處求診，而是去美容院做保養或者自行購買成藥醫治。其實，坊間一般的皮膚藥物都含有激素成份，長久使用下，結果就是導致皮膚產生激素倚賴性皮炎。

請你記住，敏感性皮膚不等於過敏，患者雖然有類似過敏的症狀，歸根究底是由於皮膚屏障受損而引致的。過敏性皮炎是當事人對過敏原如粉塵、花粉、海

> 敏感性皮膚不等於過敏，患者雖然有類似過敏的症狀，歸根究底是由於皮膚屏障受損而引致的。

鮮、牛羊肉等產生過敏反應，其過敏性介質刺激皮膚產生炎症。

過敏性皮膚的症狀是皮膚薄、微血管明顯、皮脂分泌少較乾燥、角質層保水能力降低，一旦受到刺激如香味、冷風、合成纖維、情緒不穩等，皮膚就會出現灼熱、紅腫、刺痛等情況。以前可以使用的護膚品、化妝品，現時卻不能使用了。（下）

皮膚的無名腫毒

四位肇慶學院中西文化研究中心的學者，來香港出席在香港麥花臣球場舉行的「香港孔聖誕日暨孔曆二五六八年孔聖誕環球慶祝大典」。

我因跟中心負責人范雪梅主任認識，是以在典禮前一天跟他們見面。晚飯後，我帶他們去參觀尖沙咀商務印書館。望着燈光火着、設計劃時代、人人自律安靜一如深海的閱讀購書環境，莫不嘖嘖稱奇，也自動把講話聲音調到最低了。

來自遼寧的姚芳教授看見書架上我那本《妙醋蔬果．美顏》，立即嚷着要買，然後跟我說：「我發現最能治療皮膚問題的是純米醋。」接着打開手機圖片儲存庫，給我看半年前她拍下來的臉部和手部皮膚敏感圖像，一大片、一大片的。

姚教授說，這是些無名腫毒，發生後趕緊去醫院治理，但醫生都診不出一個所以然來。醫生提議給她注射針藥，先來個止痕止癢。但她不肯，拒絕未搞清楚情況就把類固醇帶進身體裏去。

但由於痕癢難抵，她還是在患處塗上了醫生處方的膏藥。是夜一宿無話，翌日醒來，望望前臂，望望鏡子裏的臉部情況，並不見好轉。

痕癢與海鹽

冬天是皮膚痕癢的季節，特別是從寒冷的戶外走進裝置了暖氣的室內時，剎那間令皮膚經歷了強烈的溫差。皮膚會自動的作出調節，其訊息就是大腿小腿出現痕癢感。用手一抓，如痱子一樣的小紅粒即時佈滿一腿。

皮膚有病也會出現痕癢，例如成年人的特應性皮炎。它令臉部出現嚴重的濕疹，使皮膚變紅、乾燥及有腫塊，非常痕癢。這種皮炎可以發生在臉部、頸部到胸位上部，甚至身體其他部位，且有網狀的黑色素沉澱。

又有一種痕癢叫做「心因性癢感」。病人會感到身體痕癢但經檢查後卻找不出原因。一般來說，有些人一旦感到壓力、不開心、不安，就會有這種情況出現，這應交由心理醫生來處理了。

再有一種痕癢是由化學纖維製造的衣物、床單及棉被等導致的。或者褲帶勒得過緊，壓迫皮膚，令皮膚又痕又痛。

有皮膚病或敏感的人不應用肥皂洗澡和洗臉，使用天然幼鹽加水就可以了。因為海鹽能殺菌防腐、去污去油膩，而且令皮膚緊致。

皮膚病患者的洗澡經

洗澡或沖涼的清潔劑，最好不要用含有人造香氣的肥皂，尤其是有皮膚病且會痕癢的人。即使是經醫生允許使用，也該選用刺激性低的中性肥皂或弱酸肥皂。

可以的話，最好選用不含SLS的、且不含致敏物質的洗澡液。要知道，皮膚上的角質層是含有水分子的，目的是讓皮膚潤滑有彈性，同時防止外界的刺激物侵入體內。

如果用肥皂洗澡，皮膚上的皮脂（油份）就會被溶化，被水沖走，這時皮膚表面就會缺乏油份，變得繃緊乾燥。有皮膚病的患者就會很不好受，一則發紅，二則痕癢，對外界的刺激缺乏抵抗力，讓外界的刺激物從乾燥「無遮無擋」的毛孔直入體內。

在這裏，我要向有皮膚問題的朋友提醒一下，洗澡時請盡量用溫水，不要洗太久，不要使用刷子一類的洗身刷來擦拭身體，用毛巾在重要的部位小心洗拭就可以了。

洗澡完後用毛巾把身體印乾，不是大力擦乾，然後均勻地抹上可信靠的護膚油或護膚露。

沖涼與肥皂

人人都說，以中國人來說，南方人較北方人喜歡沖涼，所以，香港人特愛沖涼。因為香港位處南方，高溫而又潮濕，是以容易出汗，稍微運動已經汗流浹背，因此皮脂的分泌也較旺盛。沖涼之後，人就舒服了，也輕盈了。

在清潔身體的同時，也要至少天天更換內衣褲，以防止感染皮膚病。沖涼當然要用清潔劑，例如肥皂，主要目的是把油脂以及身體的塵積、氣味、污垢洗乾淨。使用肥皂必定要好小心，患有皮膚病時使用肥皂，往往會使病情惡化。

老實說，肥皂本身並不會引起皮膚病的。肥皂對皮膚影響最大的，是當中含有的香料，所指的當然是人造香料，那種香氣很叫人頭暈。

專家提醒我們，那些標明含有殺菌劑的肥皂，最好避之則吉。肥皂是一種高級脂肪酸鹼金屬鹽，會將油脂溶化在水中。皮膚上的皮脂，因為肥皂而被溶化、被水沖走。此時，皮膚會感到乾燥，這是表皮上的角質層被沖走的結果。

淋浴泡澡大不同

關於沖涼以消除疲勞這個說法，我認為不能以偏概全。

我也有睡覺前淋個熱水浴的習慣，這種淋浴法並不能讓疲憊的身軀盡快復原，因為淋浴只會對皮膚表面產生一定的刺激。要驅除疲倦，必須讓身體內部暖和，淋浴絕不滿足這方面的需要，但泡熱水澡則有這個功效。

專家建議，泡熱水澡的時間最好是睡前的一至兩小時，並控制在二十分鐘左右。在浸泡期間，別忘記做一個小動作，也別忘記留意一個小細節，方能真正的緩解疲勞。

這個小動作就是，一邊泡澡、一邊兩手搓臉，速度是每秒三下，時間不少於三分鐘。而小細節就是水的溫度以40℃為宜，因為這個溫度最能消除疲勞。

如果天氣乾燥，洗澡或者淋浴之後，記得抹上防皺保濕的椿花油。有人愛全身抹一遍，有人只會抹在乾燥痕癢的地方，如小腿、大腿等，別忘記抹在臉上、頸上。

好好的保養自己，不要讓自己未老先衰。

浸浴與皮膚

你有留意這個現象嗎？就是泡澡時手指會發皺。

我因此向醫生請教，答案是：由於皮膚是動物最大的器官系統，且由幾層組織構成，當我們泡在浴缸裏好一段時間，外面的一層皮就會膨脹向外鼓出，但下面的一層卻維持原狀，而皮膚特別緊的地方如手腳、指尖，就會形成皺褶。

為甚麼洗手的時候，皮膚不會褶皺呢？在一般情況下，真皮的皮脂腺可分泌油脂來滋潤表皮，讓表皮增加防水功能。但如果在水裏浸泡太久的話，就會一併把油脂洗掉，令水可滲進皮膚裏去。所以，在浴缸浸泡得愈久，表皮就吸水愈多，令表皮起皺。

我們都知道，成人體內有百分之六十至七十是水，

"皮膚其中一個很重要的任務，就是盡可能鎖住水份，不讓它隨便流失，這就是護膚和保養皮膚的重要性。

小孩有百分之八十是水，而老人就只有百分之五十。皮膚其中一個很重要的任務，就是盡可能鎖住水份，不讓它隨便流失，這就是護膚和保養皮膚的重要性。老人家或未老先衰者之所以有皺紋，就是因為水份的嚴重流失。

如何令皮膚的水份不會輕易流失呢？就是要有一層結實的油脂作屏障囉！皮膚是器官，也是身體最大的器官，稍有損傷都會有不同程度影響。

因為皮膚去看精神科

飲食對護膚而言當然重要，但我認為均衡飲食仍然是排第一位。

夏天經常吃冷凍食品，過份依賴空調，令身體不能正常出汗，而且讓體溫忽冷忽熱地反覆轉換。你知道嗎？這會破壞毛孔的閉合和張開能力的。長期如此，會令皮膚的自我調節功能逐漸喪失，對外界的感知、適應能力下降；結果就是令皮膚容易過敏。

有人會因此而變得擔心、憂鬱，一邊看皮膚科醫生，一邊又要去看精神科醫生。不是很浪費苦短的生命嗎？追本溯源，皮膚之所以搞到不可收拾，仍基於個人的無知，連普通常識都缺乏。皮膚去到這個情況也不是萬劫不復的，只要找到可信靠的、純粹的皮膚科醫生，一樣可以撥亂反正。

皮膚保養的第一課是好好的洗臉。

洗臉不單除去新陳代謝從毛孔排出的污垢，還能洗掉多餘的油脂。記住用溫水洗臉，不論春夏秋冬，避免皮膚因為水溫的差異而產生刺激感。切記不能用令皮膚變乾皺的洗面奶，洗面後用毛巾以按壓式吸去多餘水份。

熱風筒與皮膚

保養皮膚，除了使用適當的天然護膚品之外，每早洗臉也得有點技巧。

我的方法是，每次洗臉前，都先用風筒的熱風輕輕吹一下臉龐。大概吹十秒（記得不要太近距離），目的是打開毛孔，讓臉洗得更乾淨。洗臉後，我還會用風筒的熱風來吹一兩分鐘頭皮，然後用手按摩二十下，以促進血液循環，讓頭髮得到更多的營養，減少掉頭髮，以及擁有一頭秀髮。

別以為只有濕頭髮才可以用風筒，原來，乾髮也可使用，且有保健功效呢！

講起風筒的用處，話就多起來了。我一個朋友說，有次三更半夜他鬧胃痛，一時間又找不到暖水袋，情急之下，他拿起風筒對着肚子吹，讓熱風傳進體內。吹了好一會，胃痛慢慢舒緩下來，最後不痛了。

其實，女士們在痛經也可以用這個方法。風筒對着小腹打圈地吹，漸漸的疼痛就消失了。

所謂「氣血不通則痛」，如今熱風讓氣血循環加速，氣血通了，疼痛就消失。

油性皮膚

近日有讀者來訪，也有從加拿大回港探親的德望學生來訪，是過去從未出現過的現象。閒談期間，必然會問一點有關護膚的問題。最多人問的是：油性皮膚如何打理？乾性皮膚該如何護理等等。我的方法是：從每日洗臉開始。

美肌食鹽洗臉法

（一）在面盆裏的水放入一茶匙美肌食鹽拌勻。

（二）把已抹掉化妝品、清潔完畢的臉輕輕浸入面盆內，浸兩三秒，再用一塊小毛巾輔助洗臉。

這洗臉法能去除角質，收縮毛孔，並改善潮紅。同時，能消除皮膚的油脂，使皮膚變得細嫩。因為美肌食鹽是天然海鹽，具備防腐殺菌的功用。

> 美肌食鹽是天然海鹽，
> 具備防腐殺菌的功用。

那些一臉暗瘡或者因壓力而常常爆發痤瘡的人士，這個洗臉方法是十分有效的。記住，洗臉後不要胡亂塗抹品質不清不楚的藥膏或護膚油，行錯了一步，臉上皮膚就會進一步變差。

有些商店賣山茶油的，你憑甚麼相信那真的是山茶油呢？如果那是真的，你又憑甚麼相信那種植的泥土是純正乾淨不含水銀等化學污染的呢？（上）

乾性皮膚

至於屬中乾性皮膚，該如何護理和洗臉呢？

加蜜洗臉法

（一）在熱水中加入一茶匙蜂蜜拌勻。

（二）待水變溫了，就用蜂蜜水來輕輕拍打臉部大約五、六下，然後輕輕按摩一分鐘左右。

蜂蜜中含有大量能被人體吸收的氨基酸、酶、激素、維生素以及糖類成份，能促進皮膚創面的癒合，同時又能抗衰老、防止皮膚乾燥。

不過，請你記住，油性皮膚是不適合這個「加蜜法」的。如果你的皮膚毛孔粗大且偏油性，或是臉部經常長痘痘，不妨用洗米水來洗臉。

因為洗米水既能去污，又不刺激皮膚。要是把洗米水加熱使用，清潔能力更強。但不能天天用洗米水來洗臉，一星期用兩至三次已經足夠了。

我最喜愛的洗臉法，是在溫水裏加一茶匙純米醋。因為不僅能抑制細菌滋生，使毛孔暢通；又能軟化皮膚角質層，減少感染性皮膚的出現。我至少一星期用一次「米醋法」，以增加皮膚細胞的水份和營養，使皮膚更潔淨，並能恢復皮膚的光澤和彈性。

至於長期使用電腦的人士，我建議你用綠茶水洗臉。（中）

電腦與皮膚

是的，長期對着電腦工作的女士和男士，若你怕因此而對皮膚有所影響，但又不曉得用甚麼天然方法來護膚，我告訴你，用泡好的綠茶水來洗臉就最好。

綠茶裏的茶多酚具有抗氧化作用，防止肌膚提早衰老。最重要的一點是，據研究指出，綠茶可抗輻射，可抑制皮膚色素沉着，減少過敏反應；同時，綠茶所含的鞣酸，可緩解皮膚乾燥。

若患有濕疹，不管是兒童還是成人，不妨用綠茶水洗患處。每次洗三分鐘左右，用毛巾印乾後，立即抹上適量蘆薈修護精華素。不過，要看清楚牌子才好購買使用，要不然愈搽皮膚愈糟糕，只能怪自己不小心。

說實話，洗臉是極普通的事，有事沒事去洗把臉是件很舒服的事，至少感覺整個人清醒了、腦筋靈活了；但要有好的皮膚，洗臉就變得不再普通了。皮膚好，人也醒神起來，自信也增加不少，自我形象不再低落。

我所提及的幾種洗臉法，是非常難得的體驗，現在與你分享，盼大家好好珍惜、善用。（下）

妊娠期的皮膚

朋友Anna懷孕了，應該好開心呀，因為這喜訊已經等了五年了。可是她大叫好慘，原來出現皮膚病，一整天的痕癢得亂抓。我在電話這一頭叫她形容一下皮膚的情況；她說手腳及部份身體皮膚都出現有如綠豆一樣的小疙瘩，暗紅色的。

Anna已有身孕五個月，這種出現在孕婦身上的痘，我們稱之為「妊娠性丘疹性皮炎」，在妊娠期任何時間都會發生。據醫生說，這皮炎與孕婦內分泌紊亂及過敏反應有關。當內分泌回復正常時，一切又會正常化。

我勸她不必煩惱，亦勸她不要隨便使用坊間的皮膚止痕膏來搽抹，因為大部份都含有類固醇。因為雖止了痕癢，卻從毛孔滲透入身體內隨着血液游走，一個不小心（抵抗力弱）就會影響了內分泌。所以一定要向家庭醫生求救，讓他給你明智的指導。

妊娠紋之謎

讀者Donna來信說，去年她懷孕至五個月時，腹部就出現妊娠紋，花斑彷似西瓜皮。鄰居介紹她每日用椿花油兩次來輕輕按摩腹部，一個月後妊娠紋消失了。

不過為甚麼會有妊娠紋，而有些孕婦是沒有的呢？

有醫生認為妊娠紋的發生是肚皮給「撐裂」了。懷孕至中晚期，孕婦的腹部會迅速隆起，皮膚裏的彈性纖維、膠原蛋白會因此受到機械性的拉扯，於是令腹部皮膚出現西瓜皮般的「裂紋」。但另一批醫生則認為，懷孕期體內激素水平增高，令彈性纖維變性而脆弱，容易被扯斷而使腹部呈現裂紋。

綜合上述理論，懷孕期體重增長愈快愈高，就愈容易出現妊娠紋。然而，卻解釋不到為甚麼有些孕婦沒有出現妊娠紋。一般來說，高齡孕婦和孕期體重不斷增加都容易出現妊娠紋，不過也有孕期變得很胖的孕婦是沒有妊娠紋的，至今仍未找到原因。

孕婦的皮膚煩惱

懷孕了，對絕大部份女士來説是喜訊。但許多愛美的女士卻因為懷孕會影響皮膚而變得擔心起來。

是的，一旦懷孕了，不少人皮膚會變得粗糙，會出現痘痘，會有色素沈着，會發皮疹，還會出現妊娠紋呢！原因是懷孕後體內孕激素、雌激素及雄激素水平迅速升高，皮膚受不了就出現問題了。

一般在此期間皮膚有四大變化。

（一）變黑

孕期的黑色素會增加，通常在分娩後消失，少數無法消退。

（二）出現痘痘

這主要和雄激素水平的升高有關。待孩子出生了激素水平下降了，問題才得以完全解決。當然有緩解痘痘嚴重情況的方法的。就是每日用淡海鹽水洗臉，再用清水洗淨，然後抹上一點經過淨化的、可以防曬的椿花油，就這樣簡單。

（三）妊娠紋

許多孕婦會在腹部、臀部、乳房以及大腿上出現妊娠紋。這些紋多數在分娩後會變得不明顯或消退，但也有永不消失的。我在日本時一位知名的護膚專家教我，在懷孕開始至嬰兒呱呱落地期間，每日早晚各一次抹上淨化過的椿花油（Tsubaki Oil）即可。這是日本人一直以來的天然護膚智慧。

（四）皮疹

有些準媽媽會出現高出皮膚的皮疹，還會伴隨痕癢。我的方法好簡單也非常見效，就是抹上一點蘆薈修護精華素。

懷孕期間可以化妝嗎？可以，但最好是淡妝。

讓皮膚年輕一輩子

一位護士讀者來信問，生薑椿花油可否用於臉上，以行氣活血、去斑、防曬？我回覆說，不可以。這不是太刺激了嗎？薑，不錯，它所含的揮發油有加速血液循環作用，但用於臉部並不太適合。

有一次，我洗臉後依習慣一手拿起放在洗面盆旁的椿花油瓶，開蓋，按一大滴然後抹在臉上。哎呀，拿錯了生薑椿花油，薑的揮發油令眼睛不太好受。

這種含薑油的椿花油，一般是用來作為按摩油，可以全身抹一遍，然後由按摩師按摩；也可以抹在大腿至膝蓋處，然後自己雙手從大腿至膝蓋一直用力按至小腿處，以舒緩膝頭痛。腰痠背痛了嗎？也可抹上一點，然後按壓一兩分鐘。

進行刮痧之前，亦必須抹上生生薑椿花油。如果是做臉部刮痧的話，則應使用純正椿花油，就這麼簡單。如果要防曬、保濕、去斑、卸妝，一枝椿花油已經可以走天涯。

人體皮膚如果保養適當，不讓化學品騷擾，加上正常生活、正常心態，簡簡單單相信可以保用九十年。不信？從今天開始試試這樣做。你一定會看到自己比以前年輕了。

你適合做磨砂和面膜嗎？

讀者常問，應該多久做一次去死皮（角質層）護膚？

皮膚的新陳代謝週期是二十八日，但不等於二十八日才做一次。因為在代謝過程中，死皮會逐點逐點增加、堆積，所以必須按皮膚情況決定。而去死皮的原因，是幫助皮膚重拾光澤和緊緻，並可以深入地清潔皮膚。

不過，如果頻頻清除死皮，例如每星期一次，或同時使用好幾種去死皮產品，是欲速則不達，只會令角質層變得愈來愈薄；壞處就是令皮膚失去儲水，以及抵抗外界環境傷害的能力。

如果你的皮膚容易敏感，不要頻密地做去死皮；一個月一次，甚至三個月一次都不為多。做的時候一定要輕手，只用一茶匙幼砂糖加適量椿花油，磨半分鐘已經可以。在這情況下，如果你的皮膚仍然出現敏感情況，就不宜做去死皮護膚了，應改為每天用海鹽水洗臉，不用任何洗臉肥皂。

至於一般人如你我的皮膚呢，在寒冷季節，不必做得過度頻密，即使是油性皮膚，一至兩星期做一次就夠；皮膚本來偏乾的人，甚至可以拉長一個月做一次。記住，做去死皮這個動作，最好自己動手，因為只有自己才曉得使用的力度應有多大。假手於人，總是有閃失。

此外，就是敷面膜這問題。

有人以為天天敷面膜就會使皮膚變得水嫩，不是的，也要看看你皮膚質素才行。切勿使用含有酒精和果酸成份的面膜膏或者面膜紙，因為這些成份都會刺激薄嫩的臉部皮膚，令其變得愈來愈脆弱，不堪一擊。

最好使用單純的保濕面膜；即使屬於乾性皮膚的人，每星期敷一至兩次已經足夠了，而且敷的時間不能太長，應以十五至二十分鐘為準。敷完洗臉後，應立即搽上蘆薈修護精華素一類的護膚品才能鎖住水份。

去黑眼圈、消除皺紋的神仙粉

石榴籽含有的多酚提取物是一種上好的抗氧化劑，有助皮膚回復青春的功效，且有助改善皮膚彈性。

我推薦的石榴籽粉面膜的用法：

（一）把一茶匙石榴籽粉放入小碟中。

（二）用清水逐點逐點把它調成糊狀。

（三）敷在洗乾淨的臉上、眼四周和嘴唇（能使乾巴巴且脫皮的雙唇回復滋潤）。

（四）乾透後用清水洗淨，再抹上兩滴椿花油，皮膚馬上變靚。

一個百病叢生的身體，哪有美容可言，更遑論健美

了。因為食物中的蛋白質、脂肪、糖類、無機鹽、微量元素、水、纖維素等營養素，都是人體健康和容顏美的必需品。

例如黑眼圈。老中醫說，那是氣滯血瘀的緣故。有效的治療法，除了敷用石榴籽粉面膜外，每日飲兩茶匙蒜頭浸米醋，這樣子的內外夾攻，消除滯氣瘀血，黑眼圈好快就消失了。沒有了黑眼圈，不單止整個人亮麗起來，連帶身體也健康了，精神奕奕，好棒呀！

讓嘴唇滋潤性感

天然鹽本身含有豐富的礦物質，並有消炎作用，刺激性低。而椿花油則是營養皮膚細胞的絕佳「補」品。如此雙劍合璧，你的嘴唇哪能不滋潤呢？

材料

幼海鹽少許（約半茶匙）

椿花油或橄欖油數滴

做法

（一）把幼海鹽放在掌心，加入一點清水，輕輕調勻，待鹽仍是粒狀時，用另一隻手的手指沾一點鹽來回的摩擦上唇及下唇，乾了，再沾一點鹽再磨。如是者，大約做兩分鐘。此時，唇上的死皮已經去掉。接着用清水清洗雙唇。用毛巾印乾。

（二）用手指沾一點預備好的椿花油抹在唇上，然後來回按摩。油乾了，再沾一點。一直按摩約一分鐘。此時你照照鏡子，一看，美麗性感潤澤的嘴唇又回來了。這方法，有需要就做，一日至少要做兩次。

年紀與美容飲食

署名「寂寞的十七歲」讀者問：「我今年十七歲，女性，皮膚尚算OK，我有個問題，十七歲的女性美容、飲食方式與四十歲的是否應該不一樣？」

這是一個非常好的問題，我在這裏嘗試解答「寂寞的十七歲」小妹妹的問題。美容飲食在不同年齡層是應該有所差異的。

（一）十五至二十五歲

正是女性月經來潮，生殖器官發育成熟期。隨着卵巢的發育和激素的產生，皮脂腺分泌物也會增加。

因此要令皮膚有光澤、紅潤且富彈性，該攝取足夠的蛋白質、脂肪酸和多種維生素，例如豆芽、白菜、瘦肉、豆類等。同時也該多飲水，少吃太鹹的食品和零食，這樣可以防止皮膚乾燥，又可使尿液增多，有助脂質代謝，減少臉部滲出的油脂。

（二）二十六至三十歲

這時女性的額及眼下部位，會逐漸出現皺紋，同時皮下的油脂腺分泌亦會減少，皮膚光澤不比從前，且還出現粗糙現象。

是以在飲食方面，必須以清淡為主，多飲白開水，多吃富含維他命C和維他命B的食物，如胡蘿蔔、番茄、木耳、牛奶等。記得要多做運動，尤其是正在打工的白領，要常做伸展運動。

（三）三十一至四十歲

這個時期的女性，其內分泌和卵巢功能逐漸減弱，是以皮膚容易乾燥，而眼尾又開始出現魚尾紋，下巴肌肉開始鬆弛，笑紋又明顯。

原因是體內缺乏水份和維他命，所以這個年齡層的女士必須多飲水，特別是白開水。最好早上起床，做完拉筋運動後飲一杯白開水（二百至三百毫升）。多吃富含維他命的新鮮蔬果瓜菜，多補充富含膠原蛋白的動物蛋白質，例如豬腳、瘦肉、魚等。

（四）四十一至五十歲

這時候女性正進入更年期，卵巢功能進一步減退，而腦垂體前葉功能一時性亢進，令植物神經功能紊亂而易於激動或憂鬱；同時眼瞼容易出現黑暈，皮膚變得暗啞乾燥。

專家建議用食物來補救，例如多吃一些促進膽固醇排洩、補氣養血、延緩臉容皮膚衰老的食品，它們包括了番薯、檸檬、蘑菇、玉米、核桃、花菜、卷心菜等等。另外，專家同時也提醒這個時期的女性，一定要有適當的運動，如散步、急步行、拉筋、做家務等等，切記不要整天坐着或躺着。

女人肝好 皮膚好

都說男養腎女養肝，但憂鬱會傷肝。女人屬陰，心事較多，容易終日悶悶不樂，形成鬱結，令肝臟受損，影響排毒功能。

肝臟是人體的排毒工廠，只有排出體內的毒素才能有光滑的皮膚。任何進入身體的毒素都必須經過肝臟的解毒才能被排出體外，保持體內環境的清潔；不然毒素會愈積愈多，對身體造成傷害。

最明顯是皮膚粗糙、臉色暗啞，長斑長痘，身體發胖，婦科病頻生等等，臉色發黃往往都因為氣血不足，脾胃虛弱所致。肝藏血，肝血不足就會出現氣滯血瘀，因而引致臉色的變化。所以，久不久應進食豬肝，這是中醫認為以肝補肝，清熱養血的道理。

豬肝含有豐富的鐵、磷，這是造血不可缺乏的原料。豬肝還能護眼，抗氧化，防衰老。為了家人的健康，自己的保養，我會至少每月一次用豬肝來做菜，例如豬肝炒芹菜、豬肝滾豆腐蔬菜湯，因為這配搭有補血明目通便的功效。

我的美麗食譜：豬肝炒芹菜

材料

豬肝（250克）、芹菜（100克）、
紅椒（1個）、薑蒜蔥（少許）、食用油、
鹽、生抽、生粉、胡椒粉、料酒（適量）

做法

1. 薑、蒜、蔥剁碎備用。
2. 芹菜洗淨切段，紅椒洗淨切絲。
3. 豬肝洗淨切片，放入適量的生粉、生抽、料酒和胡椒粉，抓勻略醃備用。
4. 鍋裡放入適量的油，油熱後將豬肝入鍋急火翻炒，待豬肝完全變成灰褐色看不到血絲，盛出備用。
5. 鍋裡放油，爆香薑、蒜，放入紅椒、芹菜及適量的鹽翻炒，再倒入豬肝、蔥末炒勻即可。

Chapter 3

健康美

養生有法

注重養生，保持體態年輕，讓自己擁有持久不衰的風韻與魅力。

健康地到一百歲

離世時超過一百歲的人士時有所聞，所以，人的自然壽命原來是可以去到一百歲以上的。

記得曾任中華醫學會會長的鍾南山醫生說過，人體健康由五大因素決定，它們包括了：遺傳因素佔百分之十五；社會環境因素佔百分之十；自然環境因素佔百分之七；醫療條件因素佔百分之八；生活方式因素佔百分之六十。由此可見，生活方式這個因素，幾乎是一個決定個人壽命長短的主因。

鍾醫生已經八十二歲，但見過他的人都說，左看右看也看不出他是個耆英。因為他的眼神、頭髮、皮膚、聲音、爽快的動作，都令人認為他頂多五十歲。於是，我立即請教他的養生之道。他說，無論如何忙碌，晚上十一時必就寢，早上七時起床，中午小睡半

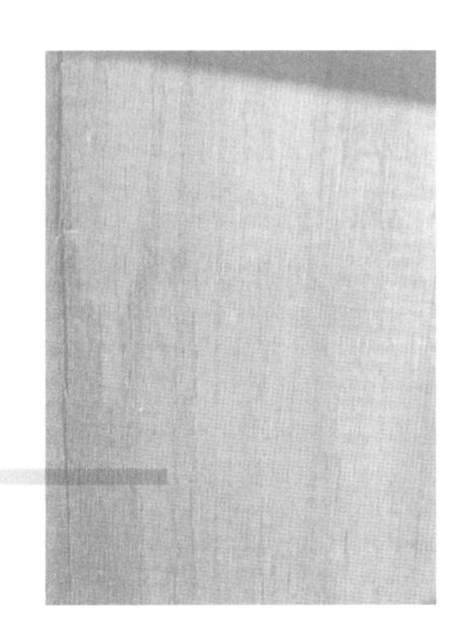

小時。

鍾醫生不抽煙、不喝酒，每餐一定有蔬菜。他的飲食習慣是：皇帝的早餐、大臣的午餐、叫化子的晚餐——即是早餐吃飽，午飯吃好，晚飯吃少。他的理論是，長期不吃早餐容易患膽囊炎；不按時吃午飯容易得胃病。晚飯撐個飽的話，會有甚麼後遺症？相信大家一定知道。

五福壽為最

中國古代的醫者當中，給我們印象最深刻的，應該是神農氏和明朝的李時珍吧！

究竟有沒有神農氏這個人都好成疑問。但近期，一千二百多年前的唐朝醫者孫思邈卻有後來居上之勢。這個應拜香港大學醫學院院長梁卓偉教授所賜吧！

他的著作《大醫精誠——香港醫學發展一百三十年》的許多章節中，都或長或短地引用了孫思邈的名言金句，例如「醫者，助人幸福」，把醫生的使命推向一個更高的層次；甚至連書名「大醫精誠」四字，也是出自孫思邈手筆。

孫思邈是個道士也是個醫師，求的是長壽，但必須有良好的健康配合。他說「五福壽為最」，所謂的「五福」，包括了：長壽、富貴、康寧、好德、善終；其中「壽」排第一位。

有健康才有長壽，而保健的最佳方法，孫思邈認為是心靈養生，培養自己平和、仁愛、寬厚的情操。

孔子早說過了：「仁者壽」。孫思邈最愛老莊哲學，是以他推行的心靈養生全在這八個字：「淡泊明志，寧靜致遠」。心靈平靜了，心理就平衡，生理就穩定，病理就不發生了；要是發生了，也會很快平衡過來。

養生細節

時代變了。連病毒來源也日新月異。近年皮膚科醫生奉勸大家，要小心使用含有SLS的護膚品和清潔劑。

一位剛退休的鄰居，計劃環遊世界卻驗出有淋巴癌。他本身是詠春高手也是網球好手，生活正常。他百思不得其解，為甚麼會患上這個嚇人的病？我在想，難道他忽略了健康生活中一些細節？這令我想起了一位台灣養生專家提出的一些不起眼，卻充滿智慧的養生方法來：

（一）多吃香氣非常充足的水果，如芒果、水蜜桃、蘋果、榴槤等。

（二）不要吃葡萄柚（Grapefruit），因為裏面的柚皮苷（Naringin）會破壞肝功能排毒。

（三）睡得好比吃得好重要。熟睡時會釋出帶有正能量的褪黑激素，一旦缺乏褪黑激素就會產生憂鬱，思想負面。

（四）水果比蔬菜重要。可以少吃蔬菜但不能少吃水果（裏面含有的植化素是別的東西沒有）。

（五）水不要喝太多，每天喝 1500cc 已足夠。要飲白開水。

（六）要多喝綠茶，也要喝咖啡。幽門桿菌會造成胃癌，茶讓幽門桿菌無法黏在胃壁上，且茶裏的苯丙胺酸會令人心情暢快。咖啡可以抑制 L-Dopa，可以保肝保腎臟，預防子宮頸癌，還可以治柏金遜症。但不要喝普洱茶，因為經過發酵，放得太久，裏面有大量黃麴霉素，是致癌物質。

（七）多吃純魔芋（蒟蒻），它能解毒散結，清腸胃，防治痔瘡，減肚腩和美膚。

提升身體免疫力

接「苑仔」苑琼丹的來電。

她興沖沖說：「原來蒜頭浸米醋這個食療真的好好。一個患了食道癌的朋友在家人勸導下去 Citysuper 買了三瓶回家，每日食用；兩個星期後身體狀況明顯有了改善。醫生問他做過甚麼，他答說天天食蒜頭浸米醋。所以阿 Ling 快快告訴你的讀者，救人一命勝過七級浮屠。至少讓晚期癌症病人可以舒緩一點。」

我泡製蒜頭浸米醋，原是為減肥美顏、防治「三高」之用的，因為米醋含有豐富的氨基酸，能促進體內脂肪的分解，又可加速糖類的新陳代謝。是以能防止動脈粥樣硬化，治高血壓、冠心病、延遲衰老。

據《本草綱目》記載，蒜頭因為含有大蒜素，可治

> 蒜頭浸米醋能防止動脈粥樣硬化，治高血壓、冠心病、延遲衰老。

便毒諸瘡、小兒驚風。現代醫學指出蒜頭能提高免疫力，對抗癌細胞有幫助。如今米醋加蒜頭，正是雙劍合璧，有病無病都可以作為護身符。

食用方法

每日早午晚各一茶匙米醋加一粒蒜頭，剔除口氣的方法是咬嚼一片茶葉或用美肌食鹽刷牙。

鬱到病

我們在討論癌症的成因。大多數人的結論是，憂鬱乃癌症的主要推手。吾友葉翠華說，見過許多得癌症的人都是鬱鬱寡歡不開心的人。

遇見回港度假的畫家董培新，互道新年好之後，又拉扯到死亡這話題去，慨歎癌症有愈趨年輕化的情況。我說凡事看遠一點，深信有天譴有報應這回事，人就不會再記恨於心，生活自然愉快，就再不會有英年得病而早逝了。董培新馬上糾正我，道：「德國作曲家孟德爾頌生前是個快樂的人，他的作品都是開心的，例如《On Wings Of Song》、《春之頌》等等；但他英年早逝，死時才三十八歲，太可惜了。」

我也喜歡孟德爾頌的作品，也唱過他的歌，但他三十七歲那年，受了一個很大的打擊，就是他最愛的姐姐因病離世，他悲慟不已，加上長期的辛勞（為作曲而心力交瘁），健康迅速變差。一年後，一八四七年突然中風，一個月後（十一月四日）與世長辭。

孟德爾頌雖不因癌症而英年早逝，但也是因為抑鬱而摧殘了身心，放棄自己。所以，常常不愉快的人必然厭世，病就來了。

需要猛太陽

我喜歡曬太陽，甚麼時候的太陽都很喜歡。中學時，有個同學一看見雨後的太陽，就會興奮地叫：「太陽爸爸出來了！」

那時候覺得她矯情，扮天真。到了這個年紀，有時仰頭一望，陰霾之後露出曙光來的太陽，使人心裏一下安穩了不少，禁不住也想起那位中學同學在叫「太陽爸爸出來了」！

我們可真缺不了陽光呢！科學家發現，高血壓、糖尿病、骨質疏鬆，以至癌症，都與缺乏維他命D有關。看來，壽命的長短似乎都與維他命D扯上關係。原因是，維他命D參與人體內千多種基因的活化工程，除了可以維持骨骼健康外，還與多個組織器官的正常代謝有關。

"請盡量抽時間，每星期三至五次曬太陽，每次十五分鐘已足夠。

維他命D的來源是陽光，是以又有「陽光維他命」之稱。人體內九成的維他命D靠陽光照射經皮膚合成，所以請盡量抽時間，每星期三至五次曬太陽，每次十五分鐘已足夠。這陽光必須是上午十一時至下午三時的大太陽。在食物方面，該多吃動物肝臟、三文魚、蛋黃、純牛奶等。

飲杯肉桂蜂蜜茶

記得某日，與日本旅遊專家陳俊偉閒談保養健康的問題。

他忽然說：「我記得你提過，每天晨早飲杯肉桂蜂蜜茶的，有甚麼好處？」

我答道：「清腸清胃呀！」

不過，也可以臨睡前兩個小時喝一杯肉桂蜂蜜茶。由於肉桂性熱，所以加入屬涼性的蜂蜜，可以平衡中和，人人可以飲用。

中醫學上申明：「肉桂，性大熱，味辛、甘；功能：補火助陽，引火歸源，散寒止痛，活血通經，可用於陽痿、宮冷、心腹冷痛、虛寒吐瀉、經閉、經痛，並能溫經通脈」。不過，中醫師說孕婦忌食，因為

肉桂蜂蜜茶

材料： 蜂蜜 1 湯匙、肉桂粉 1 茶匙
做法： 用暖水沖泡拌勻即可飲用。
功效： 治療肺燥咳嗽、感冒頭痛、發冷發熱、潤腸通便

肉桂易損胎氣云云。

一旦有感冒頭痛、發冷發熱，請立即沖杯肉桂蜂蜜茶來鎮壓一下。它也能清除血液中的壞膽固醇呢！

而蜂蜜本身有治療肺燥咳嗽、潤腸通便的功用，與肉桂二合一，於晨早飲一杯，一般都能消除老年便秘，通腸潔胃，令人一整天精神奕奕。蜂蜜屬於單糖，所以糖尿病患者亦可以飲用。但四歲以下，小孩腸胃未發育完全成熟，則不宜飲用，怕會瀉。

飲杯番石榴葉茶

我從小喜歡吃番石榴，因為家裏常有這種水果，是我母親的至愛。我最愛那種濃重但帶着清甜花香味的果香，非常誘惑。

番石榴不啻是「女人狗肉」（即女人的補品），每次到菜市場買菜，我總會被這種果香吸引着。雖然愛吃，但不常吃，因為母親說多吃了會影響腸胃，容易鬧便秘。而便秘的主因，則來自番石榴的籽，不吃它的籽就沒事了。不過，它的香氣和美味部份，就是要連着籽一起吃。怎麼辦呢，為了健康就索性不吃算了。

然而，它的葉子卻是有藥療效果的。聽說，住在農村或鄉郊地區的人，一旦遇有肚瀉情況，就會到外面摘十來片番石榴葉（此樹粗生粗養，幾乎所有農地阡

番石榴葉茶

材料： 番石榴葉 10 片
做法： 番石榴葉洗淨後撒碎，用滾水沖泡、上杯蓋，焗約 10 來分鐘可飲用。
功效： 減肥、治療肚瀉、抑制胃癌細胞滋長

陌旁都種植十來棵），洗淨後切碎，用滾水蓋着泡浸約十來分鐘飲用，肚瀉即止。

這杯番石榴葉水還有一個用途，就是減肥。因為它可以抑制身體把澱粉轉化成脂肪的速度，有助減少肝臟的負擔，於是就有減肥效果嘞！

基於番石榴葉富含的番茄紅素、樹皮素、維他命C等都是很強的抗氧化劑，有抑制腫瘤，特別是胃癌細胞的滋長。故此，除了孕婦，我們常人不妨多飲用。

爽快是養生的一門功課

喜歡走路快的人，給人家一種「爽快」的印象；拖着腳步，還連帶腳上的鞋子嗟然有聲的，令人聽着很不舒服，這種提不起勁的步履，標示着這人一是有病，一是心事重重，一是懶散，對生活毫無戀棧。

其實，走路快是養生法寶之一。

據研究所得，步速快能提高體內高密度脂蛋白，即是「好膽固醇」的水平，能夠保護心臟，令人長壽。一個人走路快又爽，自然反應快。這說明此人智力狀況無問題，如果能加上身手敏捷的話，這幾乎可以證明其人平衡等運動能力很好。

講到養生與爽快這個環節，大便去得「快」也是很重要的。這個「快」即是順暢，說明腸的蠕動好，腸胃功能優良，沒有肛腸疾病，而且情緒愉快。

最後，當然不能不注意睡眠這問題，即是入睡快，這類人一般都有充足並質優的睡眠，能夠很快地進入深睡狀態。其人的記憶力以及抗病能力也相對地較強，日間也不易有累的感覺，爽快的人也是個較為和顏悅色的人。

不過，吃食時的速度就該調慢步伐了，細嚼有助增加唾液的分泌量，幫助消化吸收，舒緩焦慮情緒，鍛練臉部肌肉減少皺紋。

慢食以養生

正在練習慢食。

上星期六下午，黎炳民醫生（放射診斷科）在中環三聯書店與我的讀者分享養生。他鼓勵大家慢食，並分享了自己的經驗：早前身高六呎一吋的他，忽然胖了二十磅，由原本的一百六十磅，在不足兩個月增至一百八十磅。他馬上反省何以至此？主要原因是，那一陣子因為忙，只顧吃食忘了運動，且吃得沒有節制。

於是，他立即節食、運動，而且慢食，不久，那多餘的二十磅給減掉了。

我們聽完立即起哄，對於我們這些日日瞎衝瞎趕、爭分奪秒、一分鐘都不能浪費的都市人來說，慢活、

慢食是一種過於浪漫的舉動；而且，按黎醫生的方法，每一口食物，例如一口雞肉，必須細嚼四十下，把它變成糊狀才吞下肚。

黎醫生說，慢食的好處是能仔細地品嚐食物的獨特味道；要是囫圇吞棗的吃法，是永遠不會知道該食物有多好吃的。

因為慢食，故此容易飽，因而可以減肥；把食物嚼得粉碎可以幫助消化，趕走胃部不適和各種胃病。慢食這動作，可以令人變得心平氣和，讓我們齊齊來慢食吧。

為甚麼要喝白開水

以前我不愛喝水，嫌它寡然無味；現在卻主動多喝水，因為怕出皺紋，怕未老先衰，而且深深明白到水是生命之源，是人體最重要的物質。

可不是，營養運輸、物質代謝和生理活動，沒有不需要水來參與的。據說老人因為神經系統功能退化，連口渴的感覺都會逐漸減退，等到感覺口渴時，已經是去到脫水的情況。此外，老年人的五臟六腑功能減退，所以機體脫水和便秘的機會就會增加。

所以，養生功課之一就是多喝白開水，不管你是哪一個年紀，這樣你的皮膚才可以水潤水潤，五臟六腑的功能才得以青春不老。

> 水是生命之源，是人體最重要的物質。

白開水是最好的飲料。因為它不含熱能，最容易滲透細胞膜，被人體直接吸收利用，而且最能解渴，有調節體溫、輸送養份及清潔身體內部的功能。

身體缺水的訊號是口渴，而口唇乾燥、尿少、沒精打采，都是身體需要水的警號。正常的尿液　色應該是淡黃色的。如果尿少且顏色偏深黃，這表示你該多喝水了，尿量的減少程度和脫水嚴重程度是成正比的；但如果尿液的顏色太淺，有可能是你喝水過多呢！

飲水與打嗝

一講到水與人的關係，話題就特別多。

專家常常提醒我們，任何含糖的飲品或者功能性飲品，都不及白開水對身體有益。例如飲葡萄糖水過多會引致利尿反而引起口乾；咖啡、可樂、酒、茶等如果當水飲的話也有害無益，因為它含有大量咖啡因、酒精等脫水因子，一旦進入人體後，不僅促使水份迅速排出，還會帶走體內儲存的水份。這就是愈飲愈口渴的原因。

老年人每天至少要喝八大杯白開水，即一點六公升。至於一般成人每天最好能攝入二千五百毫升左右的白開水，小量多次，每次以一百至二百毫升為宜，每隔一至二小時喝一杯，以促進新陳代謝，排出體內廢物。

家中燒開水，建議大家在水快沸騰或剛沸騰時，把壺蓋打開，讓它繼續燒兩三分鐘，這樣可以令一些氯化物和有害物質蒸發掉。同時，打開一瓶礦泉水後，最好在兩個小時內喝完。

記住，水主要是通過腎臟排出，我們喝水時若太快、過猛和過量，會把很多空氣一併吞下，就會引起打嗝和腹脹。

睡前運動

床上伸展運動

我就寢前的時間多是用來寫稿、看書，有時還會看日本或韓國劇集。當然，少不了睡前運動。

床上伸展運動

（一）躺在床上伸直雙腿，然後一腳抬起，盡量伸直向後。

（二）然後用一條瑜伽繩（或皮帶），繞過腳掌，兩手分別扯着瑜伽繩的兩頭，輔助大腿提起伸直，二十秒後慢慢放下，接着做另一隻腳。此時，你會感到大腿關節位和小腹都有收緊的感覺。

（三）做完後，別忘記飲杯水。

平甩功

（一）兩腳與肩同寬。

（二）練功前閉上雙眼，放下所有負面情緒，如恐懼、害怕、緊張、生氣等，這些負面情緒只有傷害自己，都是於事無補。

（三）雙手平舉，與肩同高，很輕鬆的，前後擺動，不要用蠻力，也不需要頂顎、縮小腹或提肛，這會造成你緊張。氣功希望您能心平氣和，全身放鬆。

（四）每次甩四下，第五下時膝蓋彈跳兩下，注意不是彎兩下，而是彈跳兩下！

告別失眠

相信曉得謙虛和隨遇而安的不丹人，一定沒有失眠這件事。一天該完成的工作妥善完成，然後上床蒙頭大睡七、八個小時，一覺醒來再戰江湖，這樣的生活絕對是一種幸福，你會暗叫一句「原來幸福就這麼簡單」。

但原來，有許多人是久不久就會失去這種幸福的，也會因此而去尋求精神科醫生的幫忙。主要原因（除了疾病之外）或許就是不能隨遇而安，要記掛的事情實在太多了，整天盤在心上、盤在腦子裏，正是「亂我心者，今日之日多煩憂」，心定不下來，睡眠是不會安穩的。

朋友傳來訊息：「連續失眠了幾日，怎麼辦？我不想吃安眠藥。」我也曾經歷此苦。我的方法是：

（一）立即用薑粉、艾粉加熱水浸腳十分鐘。

（二）之後平臥在床上，閉上眼睛，兩手握拳從心口開始一下一下的掃至肚臍下，做約二十下，一般到此已經入睡。

（三）如果仍然眼光光，請你雙手疊放在腹部，一下一下的深呼吸，不必數多少下，直至入睡為止。

天然美容，不僅要睡得舒暢，還得加上腸胃要舒暢，不能有便秘。（上）

情緒與便秘

激氣對自身最大的害處之一是，便秘。

相信你也曾經飽歷便秘之苦吧！其實，當一個人處於憂慮、擔心、發脾氣等負面情緒下，本來會按時按候蠕動的大腸，忽然靜止了。本要排出體外的食物殘渣（糞便），這時就停留在直腸內。一天兩天還未被排出體外的話，這些殘渣就會腐爛，產生大量的毒素。

這些毒素會令人出現頭痛、體重增加、口氣難聞、皮膚失去光澤，甚至出現色斑、失眠、出痘痘、注意力不集中。由於宿便的堆積，造成多餘的脂肪也沉積在腸壁內。在腐敗菌的作用下，會產生大量的氣體，最可怕的是令腹部脹大，長此下去，腹部肌肉會變得鬆弛；同時，毒素也會被吸收，經由血液游走各個器官，影響器官的正常功能，使人產生各種慢性疾病。

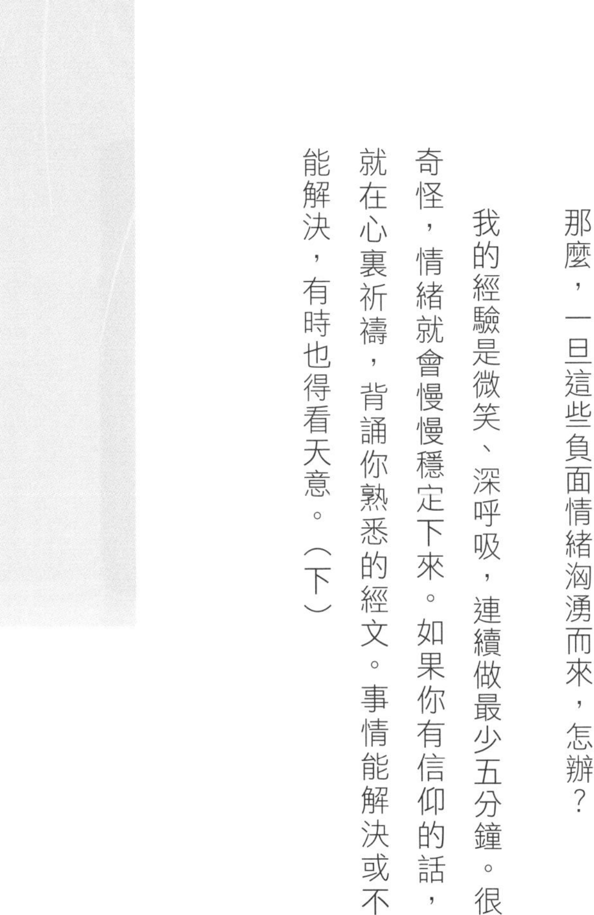

好人好者，忽然得癌症，真是百思不得其解。原來問題好大可能出自便秘，而便秘卻因負面情緒而來。

那麼，一旦這些負面情緒洶湧而來，怎辦？

我的經驗是微笑、深呼吸，連續做最少五分鐘。很奇怪，情緒就會慢慢穩定下來。如果你有信仰的話，就在心裏祈禱，背誦你熟悉的經文。事情能解決或不能解決，有時也得看天意。（下）

泡腳梳頭 搓腳心

都市人生活忙碌，節奏急速，因而令人精神緊張，如果不曉得調整步伐，神經衰弱由此起。

最顯著的症狀是失眠，要治癒失眠，當然首先要當事人懂得釋放自己，放過自己，不要讓大腦長期處於緊張狀態。此外，就是選擇有效、適當又不損害身體的「藥」物治療。我就常常勸人天天飲兩茶匙蒜頭浸米醋，差不多是立即見效。

至於非「藥」物的治療呢，則有三種。古人說：「梳頭浴腳長生事，臨睡之時小太平。」不必我多講，即是養生之道在於每晚臨睡前先來熱水泡腳及梳頭。

其一是泡腳，我一而再地鼓勵大家使用熱水加粗鹽或米醋的泡足法，此法在於活血舒筋，寧心安神，改善睡眠。蘇東坡有詩語：「主人勸我洗足眠，倒床不復聞鐘鼓。」

其二是梳頭，將雙手五指分開代替梳子，從前額及兩旁一直梳到腦後，亦有行血活血的功效。

第三種改善失眠的有效方法，就是按摩湧泉穴。浸腳、梳頭之後，按摩腳心湧泉穴，也是讓人寧神安睡的特效方法。先雙手互搓熱後，左手按摩揉擦右足湧泉穴至足心發熱為度；然後再互搓熱雙手，右手按摩左足湧泉穴至足心發熱。

這一晚包你睡得香甜。

日日泡腳可長壽

一日，在薄扶林道的中華廚藝學院遇到王佩儀博士。

她一把捉住我，陰聲細氣說：「阿 Ling 你教人晚晚泡腳真是功德無量呀，在中國活到一百歲以上的長者，過半數都有日日泡腳的習慣。」

嘩，原來泡腳可以咁長命！我一臉驚訝。

我的泡腳小竅門

（一）用一個深且大的水桶或者一個面盆來泡腳，至少浸過腳跟。

（二）雙腳一定要舒服的平放於桶底或者盆底，以避免抽筋。

（三）泡腳的時間以熱水涼了為標準，但有專家認為最好每次浸二十分鐘，水涼了就加熱水。

（四）泡腳前後都要飲一杯水，協助新陳代謝和體液的補充。

（五）飯前、飯後的一小時不可浸泡，避免影響食慾和消化。

（六）腳部扭傷紅腫期間，如有傷口，不能浸泡，否則會令傷口發炎。

（七）有心臟病、氣喘和高血壓患者，泡腳時以十五分鐘為限。

（八）浸泡後如有出汗，該擦乾汗水；如要外出，則應休息十五至二十分鐘後才行動，因為此時毛細孔會擴張，一旦吹風，容易着涼。

（九）浸泡後如無不適，專家說，可以加時哦。

你適宜泡腳嗎？

不是人人適合泡腳的。

糖尿病患者不宜泡腳，曾經有糖尿病患者因每天睡前泡腳而致足部皮膚潰爛。醫生解釋，這是糖尿病患者出現神經病變，對溫度的感覺減退而容易被燙傷所致。

有心腦血管疾病的人亦不宜泡腳，因為高水溫會令毛細血管擴張，加大血液流量，使在短時間內增加心臟、血管的負擔。如果你有高血壓、冠心病的話，必須小心。

皮膚給凍傷的人不宜泡腳。在寒冷的地方居住或旅行，有些人的腳部會出現凍傷。由於凍傷初期並不嚴重，便以為用熱水泡泡腳會舒緩情況，卻剛好相反，情況愈來愈糟。原來，凍傷的腳一旦用熱水泡，讓腳的溫度從冷到熱，無疑令凍傷的病情加重。

還有一類是皮膚病患者，能否泡腳，必須先徵詢醫生的意見，而且一定在家裏使用私人的盆和毛巾，避免傳染。

泡腳的最佳時間

讀者陳先生問：「甚麼時間泡腳最好？」

答案是：空腹不宜泡腳，飯後不宜立即泡腳。飯後立即用熱水泡腳，會導致本該流向消化系統的血液改變流向下肢，影響了消化系統供血。這樣會影響消化吸收，最終引致營養不良。

此外，在泡腳的過程中，身體會消耗很多熱量，如在空腹狀態下，身體的肌糖元儲量較少（是肌肉中糖的儲存形式，在劇烈運動消耗大量血糖時，肌糖元會分解供能，但肌糖元不能直接分解成葡萄糖，必須先分解產生乳酸，經血液循環到肝臟，再在肝臟內轉化為肝糖元或合成為葡萄糖），在此時間泡腳會容易因為血糖過低而出現血糖性休克。很危險啊！

一邊泡腳，一邊進食也不健康。泡腳最適宜在飯後一至三小時進行，臨睡前泡效果更好。

緩解高跟鞋「痛苦」

朋友May愛靚唔愛命。因為落樓梯時踏空一級而扭傷足踝，引至骨膜發炎腫了一片。經治療消腫後，May走路仍舊一拐一拐的，但晚上應約出來吃飯堅持穿上高跟鞋。她說連身短裙配高跟鞋才漂亮。

都說高跟鞋讓無數愛美女士又愛又恨。所以平日不妨做些腿腳操，以緩解高跟鞋帶來的「痛苦」。

（一）坐在辦公桌前，脱下鞋子，一隻腳平放，另一隻腳踩在地板上的空塑膠瓶上做前後滾動運動，做二至三分鐘；然後換另一隻腳照做。目的在增強腳部血液循環。

（二）扶住欄杆或椅背，地上放一張瑜伽用的軟墊，雙腳踩在其上，腳尖着地，腳跟懸空，慢慢地做

下蹲動作。重複八至十次。目的在拉伸雙腳後跟，提高肌肉和韌帶的收縮能力，以達到放鬆雙腳，防止容易受傷。

（三）站立。把身體重心放在其中心一條腿上，另一條腿膝部微曲，以腳尖着地，踝關節以腳尖為圓心做環繞動作，以放鬆關節。

（四）養成以熱水美肌食鹽或艾粉加薑粉泡腳的習慣。

治療腳氣的泡腳材料

每年香港工展會都舉行得如火如荼。我也盡量抽時間到煤氣公司的攤位，與讀者見見面，講解用天然方法護膚的好處。

這一天，來了一位西裝骨骨的男性長者。他說自己是我在《香港經濟日報》撰寫專欄的長期讀者。接着，他悄聲問我：「單單用熱水泡腳，甚麼也不加，有效嗎？」我也悄聲答道：「有效。」

其實，只要方法適當，清一色熱水泡腳，也可以令人疲勞盡消的。熱播的韓劇中，都有許多熱水泡腳的鏡頭，也是獨沽一味熱水而已。我們這些經常熱水泡腳以養生的，當然可以加鹽加醋，作為提升泡腳的保健效果。

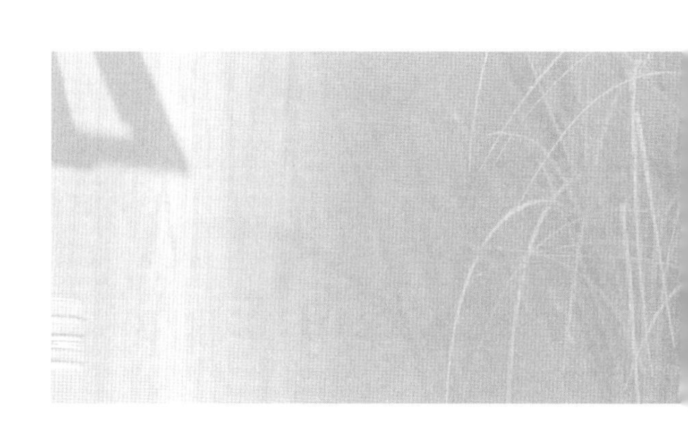

以純粹消除疲勞且沒有甚麼足部皮膚病的人士而言，泡腳時加點純正又乾淨的海鹽，是值得鼓勵的，民間傳統認為，這方法能消毒殺菌，防治腳氣，尤其對那些整天穿着鞋襪的人士來說，是不錯的保健。但，不是百分百奏效。

最好的方法是，除海鹽外再加入兩湯匙純米醋，醋是酸性對治療腳氣有相當好效果，還可以幫助恢復體力，預防動脈硬化、高血壓。如果要溫經散寒暖胃的話，最好用熱水加純薑粉泡腳。

泡腳為何能養生

讀者來信問，熱水泡腳後為甚麼要穿上棉襪子？一天之內哪段時間泡腳最恰當？泡腳的水位應以哪個位置為準？

對於缺乏運動的現代人來説，泡腳是最能促進血液循環的。我們膝頭以下到腳底這個部位分佈了許多重要的穴道，泡腳是水療的一種，藉着水的浮力、阻力、溫度和按摩，可以刺激和改善氣血循環。如果能夠每天泡一次，就可輕鬆達到養生和天然美容的功效了。

泡腳後，腳部的毛孔全打開了，風寒容易進入，所以把腳抹乾就得立即穿上棉襪子保暖。泡腳的時間最好是晚上睡前，也可在晚飯兩小時後進行。一般時間是二十分鐘。水的熱度以你可以接受的為佳。至於水位，浸過足踝就可以了，但如果有靜脈曲張的話，可以浸到小腿肚，但不要超過小腿肚。

泡腳前後都應飲一杯溫開水，以補充給蒸發掉的水份，也有人泡腳後飲一杯熱牛奶溫胃，要是你受不了牛奶，就用一碗熱湯來代替，一杯熱開水也可以呀。

泡腳也有禁忌的。當足部皮膚有傷口或正在發炎不宜泡腳、足踝扭傷不宜泡腳，應用冰敷。糖尿病患者、年紀太大者，泡腳時必須測試水溫是否適合才浸泡，因為這類人士的末梢神經不太敏感，過熱了也不察覺，往往會灼傷皮膚。

如果腳跟有龜裂情況，可在泡腳水裏滴幾滴椿花油，腳跟情況立即得到改善。

搓腳趾 增強記憶

男人之苦從腳板底開始？

中醫經絡學認為，人體五臟六腑在腳上都有相應的穴位，而腳底則是各經絡的起止滙聚處。腳背、腳底、腳趾間滙聚了許多穴位，腳底更有無數的神經末梢，與大腦相連，是人體的保健特區。

要養生健體，男士們可繼續保護家中大小，繼續做你的傳統一家之主，怎麼可以沒有健康的體魄？雙腳猶如一棵樹的根，根腐則樹倒，樹倒則猢猻散，所以，有強壯的雙腳就等於有強壯的身體。中醫強調治未病，不要待腳板底疼痛才去健足，平日都必須有足部保健運動。

除了每晚睡前敲擊足底外（不要太大力，每隻腳敲

一百下左右），還該按時做一些腳底保健方，例如揉搓腳趾。

聽說，這個做法有增強記憶，預防腦退化（想想也驚心，本來八面威風的一個大男人，忽然得了腦退化症，生活在疑幻疑真的時空「搞」錯中）。

這個揉搓腳趾的方法，只要用雙手抓住雙腳的大腳趾，做圓周揉搓便可。每天數次，每次二至三分鐘。

擊退腦退化症

許多人說，為了避免患上腦退化症，最好學習的一種遊戲是打麻將。

小時候，某天我聽到叔父跟朋友說最怕見到女人打麻將：「四個女人，四十隻塗了指甲油的手指在麻將枱上撐呀撐，嘴裏不停地講呀講。」還沒有講完，幾個男人已經笑作一團。原來那是男人們的娛樂笑談之一。作為女性，聽了自然不好受；我家裏當然就不會有開枱打麻將這回事。

避免出現腦退化，其實最好的方法是學習，終身學習。例如學習電腦，學習一種語文，學習一種樂器等，打麻將當然亦是其中一種。這些都必須用腦來記憶的，即是說進行腦力活動。腦退化症是經年累月發展起來的病症，而且與身體狀況和生活方式有關，包

"避免出現腦退化，其實最好的方法是學習，終身學習。

括血壓、肥胖、膽固醇、憂鬱、營養、體力及社交活動等。

是以每日必須做帶氧運動，保持良好的心態、學習幽默感、多結交年輕朋友，每日抽時間沉思默想或者祈禱。

腦部掃描顯示，長期地每日默想或祈禱十五至二十分鐘，又或練習樂器三十分鐘，當年齡增長時，認知衰退和腦萎縮的發生機會率比較低；並且會促進血液流通，增強記憶。

Chapter 4

堅強美

愛自己
保護家人

”

生活中互換職場女性、太太、媽媽三種角色，妳仍然是堅強、獨立、漂亮、打不死。

身體髮膚受之父母

我怕上理髮廳、美容院，因為太浪費時間。而且怕不相干的人在我的頭上、臉上摸摸捏捏；也怕他們說話太多，不停在問東問西，簡直是討厭。於是我學習自己修剪頭髮，自己照顧自己的皮膚，自己染髮。如果一次過做齊，不必一個小時即靚晒，令人充滿自信。

請記住，身體髮膚受之父母，除非必要，最好不要隨便脫毛。因為毛髮之於皮膚猶如衣服有保護的作用，愛美也得注意健康。

許多人因為疾病而至毛髮掉光，那種痛苦，非筆墨可以形容。而你卻因為貪靚而把好端端的毛髮剃掉，真是大逆不道。

指甲與健康

沒有女人不愛惜自己的指甲的。

指甲不僅可以保護指尖，也可以輔助手指做一些纖巧的工作。平時我們不會留意指甲的功用和重要性。別忘記指甲是皮膚的一部份，亦是由手指、腳趾前端皮膚硬化角質而形成。

你知道嗎？手指甲的生長速度是腳趾甲的二至三倍。而手指甲每天大概以零點一公厘的速度生長。健康的指甲顏色應是桃紅色的。一旦生病而令血液循環不濟或者靜脈血中缺乏氧氣，就會呈紫色。

如果指甲上出現一條黑線是甚麼意思呢？如果只是一隻指甲有此情況表示指甲的根部黑色素生產細胞增加。要是所有指甲側方出現白線條，表示身體缺乏蛋白質。如果指甲顏色變白，明顯地是貧血現象，以及末梢血管的血液循環出了問題。指甲上的變化都標示了健康的情況。例如受到嚴重傷害時，指甲會橫向龜裂甚至脫落等。

美目養成法

你有沒有試過當你正在專注對着電腦工作或者全神貫注看書時，眼睛忽然有點模糊？那是由於眼睛疲勞，令眼部四周的血液流量和循環變得緩慢起來所引致的。

所以說應該每小時停下來休息至少十分鐘，並做一些簡單的四肢運動，例如去洗手間用梳梳頭、伸高兩手打呵欠、兩腳凌空向前伸直數二十下放下，或者做以下的眼部按摩運動：

（一）由眼內角（眉頭處）沿着上眼眶（眼眉沿線）輕輕一直按摩至眉尾。順序穴位是：（圖示）攢竹↓魚腰↓絲竹空。

（二）由內眼頭位置沿着下眼眶輕輕按壓至眼尾。

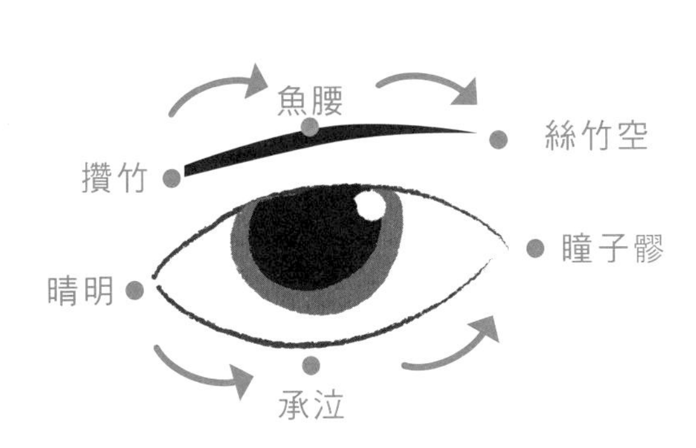

順序穴位是：（圖示）睛明↓承泣↓瞳子。按時由輕而重，感到有點酸脹感為宜。

眼部穴位

魚腰：改善眼睛疲勞、頭痛。

攢竹：改善流淚，眼睛紅腫、疼痛、眼皮跳動。

睛明：降眼壓、除疲勞、改善迎風流淚，頭痛目眩。

承泣：改善眼睛紅、痛、癢。

瞳子髎：改善頭風、頭痛，一切眼疾。

絲竹空：明目，改善偏、正頭痛。

美麗必須連着健康

我們女士都只顧相貌不讓它老化，卻忽略了身體方面的另一種更可怕的老化——就是骨盆底肌老化。如果保護不佳的話，一般在四十歲就開始走向老化，其最明顯的表現是漏尿，尤其打個噴嚏都會漏尿；另一個表現就是尿頻。

令骨盆底肌老化的主要原因，有三個：一、生育導致的肌肉老化；二、女性激素減少；三、年齡增長導致的肌肉老化。骨盆底肌如果老化，尿道就會變得無法準確閉合，是以容易出現漏尿，或是明明沒有尿都想上廁所。尤其在生小孩時，或多或少都會對骨盆底肌造成負擔，令組織受損傷。

至於女性激素減少的問題。雌激素有維持肌肉功能的效果，女性在更年期前後開始，雌激素量會急劇

減少，使骨盆底肌鬆弛，陰道壁變薄，於是就有了漏尿、尿頻的情況出現。

年紀的增長也絕對會導致骨盆底肌老化。如果一般咳嗽、打噴嚏、下樓梯等情況下出現漏尿，即是支撐尿道的肌肉老化了，一打噴嚏令腹部受到壓力所致。

聽醫生說，有漏尿症狀的人同時也有漏便的情況。這是肛門括約肌老化的結果，也是骨盆底肌老化的一種現象。

收緊骨盆底肌運動

正所謂「牽一髮而動全身」，人體構造環環相扣。倘骨盆底肌老化而不加制止，任由繼續發展的話，慢慢就會失去支撐膀胱、子宮、直腸等臟器的能力。不僅漏尿、漏便或尿頻，更嚴重的，臟器會有脫垂危險。

那麼，我們擁有的美麗不過是虛有外表，有甚麼意思呢？

現在教你做一個動作，來改善這個「缺陷」吧！尤其剛生育的女士，待陰部疼痛停止後，就得開始做這運動。若是高齡產婦，在骨盆底肌已老化的狀態下生育，漏尿或臟器脫垂發生的機會必然增加。

運動要點：

（一）這運動非常簡單，就是重複地做一個使肛門、陰道閉合的動作，每下動作維持三秒，連續做五分鐘。當你做的時候，感到陰道和肛門向身體內部吸進就成功了。

（二）這運動可坐着處理文書時做，也可站着做家務時做，只要堅持每日連續做五分鐘，收緊大腿內側或是屁股上的肉、很自然地吸入體內就可以了。

（三）最好的時間是早上起床前做，用仰面平躺的姿勢進行。

（四）如果漏尿情況嚴重，可以加時至十分鐘，要是動作正確，外面是看不出來的。

快讓這運動成為你日常生活一部份吧！

生理和心理的保養

❶忽然冒汗　❷顏面發熱

今天要回答讀者Nancy的問題：「甚麼叫做更年期障礙？」

每個人從呱呱落地到進入高齡，在生理上、心理上都會出現變化，是為人生的必經歷程。但不是每個人都有這個機會啊，所以，各位女士，在更年期中不管有多苦惱，一旦想及自己有這個「機會」，都必須心存感激，這樣才能開心地走過更年期障礙這個「幽谷」。

除了生理上的各種變化之外，如果在心理上安排得好，你根本可以忘記年齡。

一般的更年期障礙或更年期症候群徵狀包括：

（一）血管輸送神經的異常；

（二）精神神經的異常；

❸皮膚分泌異常

❹腰痛

❺肩膊酸痛

❻易怒

❼記憶力衰退

（三）直覺異常；

（四）運動器官異常；

（五）皮膚分泌異常；

（六）泌尿器官異常；

（七）消化器官異常。

以上種種情況的出現，都因應每個人的身體狀況、心理狀況而有差異。最多出現的情形是，肩膀疲痛（五十肩）、頭痛、疲倦、腰痛、忽然顏面發熱、怕冷、焦慮、無端端的出汗、暈眩、便秘、失眠、口乾、記憶力減退、反應不比從前的靈活、頻尿（一小時內去小便數次）、耳鳴、關節痛等。

所以，女性進入四十歲後，就該做生理和心理的保養。

番薯與婦女更年期

住在南番順鄉間那些親戚，因為有農地種了番薯，近日大豐收，送了我一大袋。回到香港後，我立即四處分散送給愛吃番薯的親朋戚友。

最近，台灣有些關心婦女健康的朋友說，更年期婦女應多吃番薯，而且該連續一個月天天食一大個番薯，這樣可讓雌激素和膽固醇水平得到改善，令熱潮、盜汗症狀減輕，使不穩定情緒獲得緩解，同時也會降低患乳腺癌和心血管病的風險。

原因是，番薯富含維他命A、C、B、鉀、黏液多糖、水溶性果膠、植物纖維，以及富含可以調整情緒、防癌又益壽的脫氧表雄甾酮（一種天然賀爾蒙，由腦部、皮膚和腎上腺所製造，是體內含量最多的類固醇賀爾蒙）。以上的所有成份，能保護器官黏膜，防止結締組織萎縮，抑制膽固醇沉積，維護血管彈性。

專家認為，更年期婦女宜把番薯列為飲食的一部份。如果能持續每天吃，連吃一個月，必見到上佳效果。紅皮黃心的富含胡蘿蔔素、紫心的富含花青素，它們都是防癌和保護心血管健康的天使。

別提早骨質疏鬆

喜歡陽光。

小時候一俟雨過天晴，媽媽會得說：「太陽伯伯出來了！」有了光明與希望的象徵，所以我從來不拒絕陽光。

雖然護膚專家族聲嘶力歇叫女士們遠離陽光，警告紫外線會灼傷皮膚形成皺紋，會令色素沉澱形成黑斑；但我更害怕的是提早出現骨質疏鬆。是以多曬太陽，能促進身體裏維他命D的合成，增加鈣質的吸收。

每件事有利也有弊，我當然明白紫外線對皮膚的殺傷力，所以我每日不管陰天還是晴天，都會抹上椿花油來防曬。如果要去猛太陽的地區如郊外或東南亞、中東一帶的地方，我一日多次塗抹（包括手腳）椿花多曬太陽，能促進身體裏維他命D的合成，增加鈣質的吸收。

油；一旦灼傷了會立即塗抹蘆薈修護精華素。

極地長跑手冼水福曾到北極參賽，就攜帶了椿花油和蘆薈修護精華素來防止皮膚乾裂以及雪地灼傷；他與同行團員分享，莫不嘖嘖稱奇。回港後，更應邀到瑪麗醫院與醫護人員分享他的極地護膚方法。

外出時為免紫外線的傷害，還得戴上太陽眼鏡和闊邊帽，這就萬無一失。

女子當健膝

唔講你唔知，女性膝關節痛的發生率，比同齡的男性高二至四倍。主要的徵狀當然是上落樓梯時膝關節疼痛厲害，幾乎舉步維艱，而且不能走遠路，大大影響了生活質素。

為甚麼女性的膝關節容易有這種所謂骨性病變呢？

原來女性過了三十歲之後，卵巢開始萎縮，分泌的雌激素愈來愈少，體內雌激素的降低對維他命D的生成及活性產生了不良影響。這時，不但造成鈣的流失，同時對鈣的吸收利用也相對減少，抑制了成體細胞的活性，因而引致膝關節和其他關節出現退化性病變。

是以女士們在三十歲就該開始保護膝關節。除了注意鈣的適當吸收外，還該注意生活細節。例如：

（一）上落樓梯或登山時不宜提拿或背扛重物，以免壓擠膝關節。

（二）不宜長時間蹲着，因為膝關節所受到的壓力是站着時的二至四倍。

（三）不要蹺二郎腿，以防一個膝關節壓迫另一個膝關節，影響血液循環。

（四）避免腿部着涼。

（五）避免穿高跟鞋。

（六）不可過份肥胖，令沉重的上半身壓着膝關節。

城市人不宜吃素

我主張均衡飲食，是以不會特別鍾情素食，也不愛上素食店或齋舖吃食，怕他們的食物太油淋淋，並且不知道他們用的是什麼食油。

但我有許多好朋友都是素食主義者，認為吃素不怕有血管硬化、冠心病，吃素可以延年益壽。不過營養專家說，都市人不是酒肉不沾的出家人。人體的衰老、頭髮變白、牙齒鬆脫、骨質疏鬆、心血管病、身體內出毛病等等，種種因由都有，但與人體內對錳元素攝取不足有莫大關係。

植物食品中含有錳元素，人體是不容易吸收的；反之肉類中所含有的錳元素，人體很容易汲取。所以正常的成年人，尤其是生活壓力大的都市人，吃些肉類是身體攝取錳元素的重要途徑。當然，吃肉的同時別忘記也要吃蔬菜。

我家吃的是經過提純，並由香港生產力促進局驗證的野生食用山茶油，已食用超過十年；當年在香港開素食館的柳和清老先生送去「信報」給我試食，一試就驚為天人。

經生產力促進局化驗，結果是野生食用山茶油含有的單一不飽和脂肪酸比橄欖油還要高。不飽和脂肪酸又稱為「必需脂肪酸」，進入人體後可轉化成前列腺素、血栓素，以及白三烯素等有用物質，保護我們的健康。

能補腦的食油

這一晚，應烹飪高手、著名時裝設計師 Allan 趙彥綸邀請，到他那遠離市區的花園大屋晚飯。

一行十多人，大部份都是他的同行時裝設計師。吃飯的地方，不是屋內的飯廳，而是在後花園臨時撐起的白色帳篷，帳篷內放了好長一張大餐桌，沿着中線放着鮮花、冬青樹枝和洋燭，外面正好灑着雨粉，倍添了許多分浪漫情調。

Allan 穿上圍裙，忙碌地捧着碟子穿梭於廚房和帳篷之間，又是鮑魚又是和牛，既講究味道又要求擺設。我跑進廚房問有甚麼可以代勞，卻看見他用作煎炸煮食的食油，是貼上 Ling Lee 品牌的純正野生山茶食用油。我正好奇之際，Allan 説這是他媽媽買的，因為他們許多到了中年的親友都轉用了這牌子的食油；

其他設計師馬上問我這食油的好處。

我答道，除了降三高之外，它有很好的健腦作用，因它含有很豐富的不飽和脂肪酸。事實是，男性腦萎縮比女性快，腦細胞死亡速度比女性快兩倍，目前患腦退化症的男性比女性多，花時間用腦過度如設計師及經常不眠不休的，會導致腦細胞受損，記憶力衰退；而富含不飽和脂肪酸的食品，是這方面的救星。

東方橄欖油（食用山茶油）

減肥變瘦，在另一個意義上來說，就是在一定程度上把體內的脂肪消滅。但，脂肪是人體不可缺乏的營養素啊，也是人體的另一種燃料，一旦把它消滅了，豈不是引來重重禍害？例如，營養不良、貧血、心跳、脫髮、骨質疏鬆、牙周病、視力模糊……太可怕了。

我們的日常飲食都離不開油（脂肪）。動物油（脂肪）在室溫下多是以固體形態存在，而植物油則多以液體形態存在。

油（脂肪）是由一分子甘油和三分子脂肪酸組成，是以又稱為「三脂甘油」。而脂肪酸則是一種由碳、氫、氧三種元素組成的碳氫鏈，當中的碳原子是以雙數形式在天然脂肪酸鏈中出現的，但數目不定。因

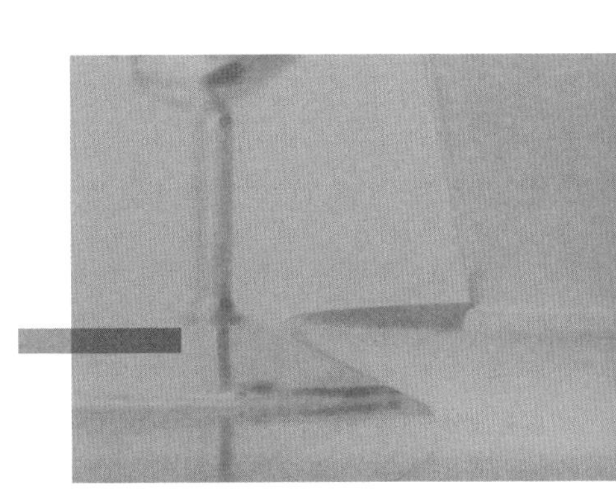

此這條碳鏈就有長短之分，而且有飽和及不飽和的分別。

從脂肪酸的碳氫鏈結構中看到，氫原子的數目剛好是碳原子的兩倍，即是碳鏈上的碳完全被氫所飽和，因而有「飽和脂肪酸」這個名稱。而氫原子數目少於碳原子數目的兩倍，就是不飽和脂肪酸。

「飽和脂肪酸」和「不飽和脂肪酸」，哪一個對人體有益呢？

根據食用油專家，現職香港生產力促進局的林子聰博士指出，脂肪與人體組織細胞的關係是分不開的。不飽和脂肪酸又稱為「必需脂肪酸」。而必需脂肪酸可轉化成前列腺素（Prostaglandins）、血栓素

（Thromboxane）以及白三烯素（Leukotrienes）等有用物質。

前列腺素能擴張血管，抑制血小板凝結、減少胃酸分泌及保護腸道黏液膜等。血栓素能收縮血管、促進血小板凝結。而白三烯素可用作舒緩氣喘等。同時，食物中所含的不飽和脂肪酸的多或少，是決定這食品的營養價值的一個指標。因為不飽和脂肪酸裏的亞油酸能保護和修復皮膚受X光照射後所受到的損害。

脂肪酸能促進膽固醇變成膽鹽，並運送到體內其它組織進行代謝，（不讓它們沉積在血管壁上）從而降低血清膽固醇含量，防止動脈粥樣硬化。是以，人體內不可能缺乏脂肪酸。而脂肪酸的主要來源之一是食用油。

食用油的分類

食用油可分為動物脂肪和植物油兩大類。它的主要成份是中性脂、磷脂、膽固醇和維他命A、D、E等。當中的脂肪則由各種脂肪酸構成。有些脂肪酸是人體必需的，例如亞麻油酸、亞麻油烯酸和花生油烯酸，而亞麻油酸和亞麻油烯酸則以植物油的含量最多。

通常，植物油含有大量不飽和脂肪酸，在室溫下呈液態，例如山茶油、花生油、粟米油等。而動物脂肪（油）則富含飽和脂肪酸，其形態在室溫下多是固體狀，例如豬油、牛油。但魚油是例外，因為它同時含有大量不飽和脂肪酸。

不是危言聳聽

所謂適者有壽。「適」即是適度、適當、適應，凡事不過份、不去到盡。例如膳食，必須均衡；不過飽，不揀飲擇食，最好是吃到七、八分飽就夠了。

我家不吃補品、補藥如維他命丸這一類的食品和補充劑；因為不是每個人的體質都可以負擔。如果說是「補充劑」，我家冰箱必然有一瓶本地出品的全脂牛奶，每天都會喝；也有其他的零食如花生、巧克力、八仙果、蝦片等一大堆，需要的時候就吃一點，是安慰劑，也可作提神醒腦劑。

《黃帝內經》裏有這樣一句話：「百病源於經絡堵」，與今日中醫說的「一通百通，一堵百堵」是不謀而合的。

"所謂適者有壽。不過飽，不揀飲擇食，最好是吃到七、八分飽就夠了。

綜合而言，堵在心臟叫「梗」；堵在毛細血管叫「瘤」；堵在子宮叫「肌瘤」；堵在乳腺叫增生；堵在甲狀腺叫「結節」；堵在臉上叫「痤瘡」；堵在腿上叫「曲張」；堵在頸部叫「頸椎病」。所以這些「管道」必定要疏通、疏散，然後百脈通除百病。

不要隨便吃什麼補品，怕只怕虛不受補，後果嚴重；也不要隨便吃什麼維他命、補充劑，也不要當禮物送人，怕這些藥丸、藥散進到胃裏沒有完全被溶掉，也未能排出體外，積存在胃裏，產生病變。

積食與皮膚

「納」、「消」、「化」、「運」這四點，是指脾胃的功能。

詳細一點說，我們吃進的食物由胃來接「納」，並且把食物變成細碎的糜狀物，這就是「消」。消過後的食物會給送到脾去，脾就會把胃「納」和「消」過的食物，轉化成對人體有用同時又可吸收的成份狀態，這過程的功能叫做「化」。接着，脾會把這些人體可吸收的物質，傳送到身體各個需要養份的部位，這就是「運」。

一旦食得過量，胃是接納了，但卻來不及「消」、「化」和「運」，過多的食物就會累積在胃裏，成了積食，即是消化不良。要是長期如此，後果是胃部出現毛病，導致胃腸蠕動能力減弱，造成消化障礙。影響所及，令人常感疲乏無力、面色蒼白、肌肉鬆弛，毛髮乾枯無光澤，口氣中有酸腐味。

這時有人會提議飯後飲杯濃濃的普洱茶，就如《紅樓夢》裏常提及眾人吃飽後「沏上釅釅的普洱茶來喝」。

是的，普洱茶對消脂、消積食是有一定效果，然而單靠普洱茶是不靠譜的。最靠譜的方法，是減少胃的負擔，吃進的食品最好不會在胃中停留過久。（上）

消積食小法寶

為了保護我們的胃，為了不讓它有積食，最好是減輕胃的負擔，例如每餐只吃七、八分飽，特別是晚餐，少吃油膩的食物，多吃蔬菜，蔬菜富含膳食纖維，能夠促進胃腸蠕動。

以解油膩而言，蔬菜中，我認為蘿蔔和洋蔥的效果最不錯。此外，多吃粥，可以幫助腸蠕動，增加飽腹感。

水果方面，許多營養師都會推薦木瓜。原因是木瓜含有獨特的蛋白酶，對含有蛋白質的肉類如豬肉、雞肉等有較強的軟化作用，尤以飯後食用最好。

還有就是用蒜頭浸泡過四十天以上的米醋，每天飲用一至三次（餐後飲），每次一至二茶匙，不僅可消解

消積食妙方

1. 少吃油膩的食物，推薦吃蘿蔔、洋蔥和木瓜。
2. 喝粥能幫助腸蠕動。
3. 餐後飲蒜頭浸泡過四十天以上的米醋，每次一至二茶匙。
4. 每日堅持做半小時運動。

積食，還可以防止嚴重脫髮、消除肚腩、降三高、去除眼睛的飛蚊症，近年已成為熱門的防癌飲品。

但切記不要用黑蒜去浸泡，因為黑蒜是一種剔除了蒜素的蒜頭，一如沒有了靈魂的軀殼，還有用嗎？蒜頭之所以被視為防癌妙品，皆因它含有又辣又攻鼻的蒜素。

此外，別忘記每日做運動，拉筋也好、走路也好，請堅持做半小時。與你共勉，齊齊加油！（下）

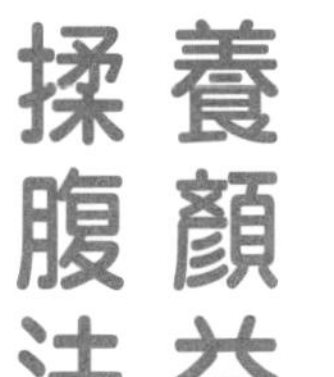

養顏益壽揉腹法

飯後及小孩哭鬧時適用

順時針揉腹

吃完飯感到胃脹？工作壓力太大以至出現胃痛？經常會便秘？其實只要簡單一個動作，就能舒緩上述的腸胃問題，說的就是「揉腹」。

腹部，自古至今都被視為五臟六腑的宮殿，氣血津液的發源地。中醫學說強調六腑（胃、膽、小腸、大腸、膀胱、三焦）暢通則五臟平安，五臟平安則氣血充足，氣血充足則經絡暢順，經絡暢順則陰陽平衡，陰陽一旦平衡，百病不侵。

「揉腹」的方法非常簡單，雙手自然重疊，輕壓腹部，以順時針方向緩緩按揉八十次。

大家每次午飯後，坐着休息時，請來個揉腹運動，可以幫助消化、消除疲勞及預防打瞌睡。至於晚飯之後，可先來一茶匙蒜頭浸米醋，再做揉腹運動，不僅百病不纏，還能晚上睡好；消除肚腩，令你容光煥

逆時針揉腹

發。

有時小朋友忽然哭鬧，可能是脾胃受寒或飲食不當，以致腹部疼痛，家長不妨替小孩輕輕順時針方向揉按腹部，他們就會慢慢安靜下來，不再哭鬧。若情況沒有改善，當然要帶他去醫院檢查。

另外，還有一個促進臟腑代謝的揉腹法，最好每日清晨做。首先要順時針方向揉腹八十圈，接着以逆時針方向揉腹八十圈，然後喝一杯溫開水。

按揉時需集中精神，保持自然呼吸，動作快慢有致。揉完後，很多人會感到腹部暖洋洋，就是內氣匯聚的表現，元氣充盛則身體強壯，自能延年益壽。不過，若你容易腹瀉或屬於寒性體質，就不要以順時針方向揉，應該用逆時針方向揉。

愛自己 保護家人

一位醫生對我說，許多皮膚科醫生推薦的洗澡液都含有SLS。我聽後，覺得不可思議。我一個民間女子，十年前已曉得走去香港生產力促進局查詢有關SLS的問題，並請教他們可否生產不含SLS的洗澡液、洗髮液、洗潔精、洗手液等等。

答案是可以的，但成本較昂貴。我說，總好過把血汗錢花在看醫生吧，一旦有了濕疹、皮膚敏感，成年人就可忍忍忍，小孩和老人家就十分淒慘了。更有甚者，是得了癌症，所花的金錢往往是一生辛苦賺來的血汗錢。為甚麼不早早使用不含SLS的清潔產品呢？

上星期五，在香港中文大學跟八十九名職員協會成員分享這個問題，說現代人生活太方便舒適，不用走動已經有一站式享受或服務。我們的上一代都靠勞力，不管是大勞力還是小勞力，都令四肢常有活動，故抵抗力較強，連 SLS 也可抵禦。

皮膚有千萬個毛孔，不利健康的 SLS 等等就從這些毛孔走進體內。為自己、為家人，選用適當清潔用品固然重要，每日的運動亦十分重要，就算是伸個懶腰、到洗手間用梳梳頭幾下，都有幫助。

世上只有媽媽好

世上只有媽媽好。

許多婦女在懷孕期間都會有皮膚問題。為了小生命的孕育，都會甘之如飴，忍受那些一身一臉的痘痘和痕癢。除了曾提及的丘疹性皮炎之外，還會在妊娠中期出現疱疹樣膿疱症。

其症狀是皮膚出現紅斑，同時還有綠豆大的膿疱。膿疱破損後會糜爛、長出肉芽並隆起，有黃綠色痂覆蓋。此症亦可以出現於口腔、食道、生殖器等。嚴重時可以令趾（指）甲變形，掉頭髮。這種皮疹除了有輕微痕癢外，還會有灼熱、疼痛、怕冷、嘔吐、腹瀉、高熱等情況。更嚴重時，會導致流產或胎死腹中。

這都是懷孕期間，內分泌改變，抵抗力降低的緣故。所以孕婦必須小心飲食，寒涼或過補的食品一概不能進食。必須依足醫生吩咐定時定候去覆診。

每天清潔身體後，全身抹上注入了維他命E的椿花油，也是個不錯的保護方法。

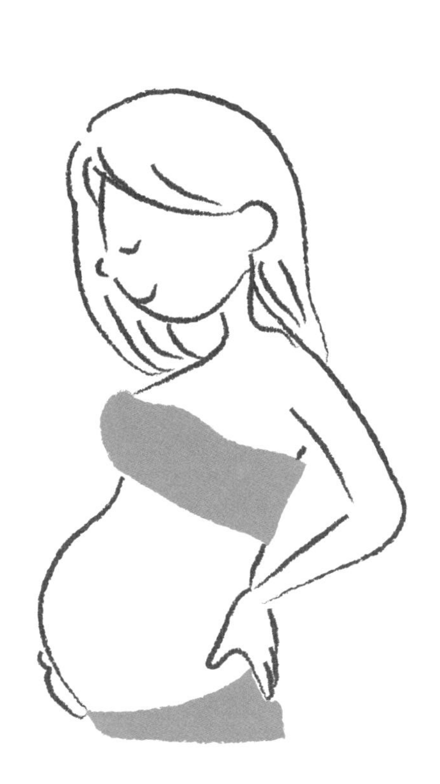

孩子缺鐵性貧血

以母乳餵養的孩子，他們有可能出現以下的情況：

（一）皮膚蒼白，特別是口唇、口腔黏膜、甲床和手掌。（二）不愛活動，易疲倦；年紀稍大的兒童會有頭暈、眼前發黑等情況。（三）沒有胃口，食慾不振；有時還有嘔吐、腹瀉等症狀。（四）注意力不集中，無精打采，記憶力減退、煩躁，反應慢。

孩子這種缺鐵性貧血不能忽視，因為會影響他的發育成長，也可以損害其呼吸、消化、循環及免疫等組織器官的功能。

如果孩子自出娘胎即以純母乳餵養，而且出現上述的缺鐵性貧血的話，問題當然來自母乳。因為母乳含鐵量很低，100 克母乳含鐵量一般不超過 0.5 毫克。

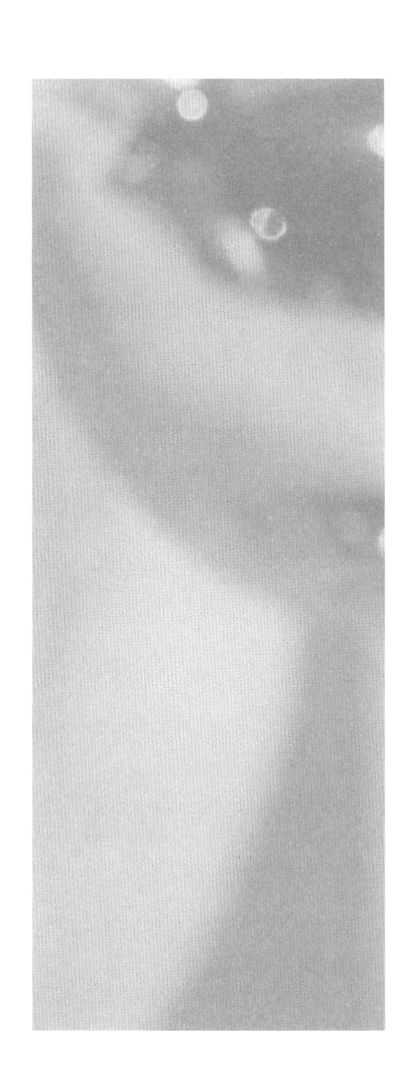

婦產科醫生提醒有新生兒的及即將為人母的婦女，足月兒從母體獲得的鐵一般只能滿足四個月的需求，之後就要轉飲當中強化了鐵劑的奶粉，並添加含鐵豐富的輔食品，如米糊、雞蛋黃、水果泥、動物內臟等。

衣食無憂

從前父母教導孩子，總會有源源不絕的金句，字字醒醐灌頂。

看見不長進、無心向學的孩子，我總會想起前人的一些金句來，例如：「孩子，讀書是一時之苦，不讀是一生之苦。」一時跟一生比較，是個多麼可怕的距離，那是不敢想像的。

為了鼓勵孩子注意儀容和衛生，以前的父母也會利用借題發揮、算命看相來教導孩子。例如，我媽總愛說一個人長有一口潔白整齊健康的牙齒，相學上說，這個人一生必定衣食無憂。

這是很教人心動的「金句」，管它是真是假，好好保護牙齒就可以一生衣食無憂，這不就是活脱脱的富泰相嗎？有得食不會餓壞，有得着不會捱冷，這也是人一生最基本的需求嘛！

年紀小時，就懂得留意有沒有擁有一排雪白牙齒的叫化子，看見長着一口黃牙、亂齒的人，就會很暗暗替人家難過。所以，自小就很乖的久不久用幼海鹽刷牙，也守規矩地早晚刷牙。即使累得睡着了，半夜乍醒第一件事，就是衝進洗手間刷牙去，為的是一生衣食無憂。

家也是個文化沙龍

自己體重自己知，自己樣貌自己管。

所謂種什麼因，就得什麼果；是以我不會天天上磅如此無聊。因為我每日都運動四肢，運動腦筋。每一件事的發生不會是無端端的，一個人忽然暴肥暴瘦也不是無端端的。原因可能是毫無節制的暴飲暴食、四體不勤、終日坐着，要不然就是患了嚴重疾病。

美食人人愛。

我是均衡飲食者，蔬菜是每天餸菜中必備的；但不吃狗肉、不吃野味，不清楚的食物不會放進嘴裏。不管眼前放着的是什麼山珍海味，自覺飽了就放下刀叉碗筷，不再多吃；也教導我家孩子和學生「呻飢莫呻飽」，一句話，就是不會去盡、食盡。

我是事業女性，也是個家庭主婦。

自孩子唸中四開始，我立即停止全職上班，也把家裏的傭人辭退。由我自己負責買餸煮飯洗碗，家務則由全家分擔；洗廁所、抹地板、吸塵、洗抽氣扇、清理吸油煙機、倒垃圾……抹窗自己搞不了，就由鐘點工人負責，全部家務都必須爬高爬低，運動四肢。

看見家裏天天窗明几淨，是一種莫大的心靈滿足和安全感；還有常常來吃飯聊天的好朋友，讓家變成了個文化沙龍。

BEHIND THE SCENE

BEHIND THE SCENE

作者
李韓玲

責任編輯
Cat Lau

美術設計
Yu Cheung

攝影
Ming N

出版者
萬里機構出版有限公司
香港鰂魚涌英皇道1065號東達中心1305室
電話：2564 7511
傳真：2565 5539
電郵：info@wanlibk.com
網址：http://www.wanlibk.com
http://www.facebook.com/wanlibk

發行者
香港聯合書刊物流有限公司
香港新界大埔汀麗路36號
中華商務印刷大廈3字樓
電話：（852）2150 2100
傳真：（852）2407 3062
電郵：info@suplogistics.com.hk

承印者
中華商務彩色印刷有限公司
香港新界大埔汀麗路36號

出版日期
二零一八年四月第一次印刷

ISBN 978-962-14-6694-5

女性當自強——我的美麗功課

凡購買 LINGLEE 無添加 產品，

即可享**10% off優惠**。

凡購買 LINGLEE 無添加 正價產品滿$100，

即可享**10% off優惠**。（優惠只限指定門市）

凡購買 LINGLEE 無添加 正價產品滿$100，

即可享**10% off優惠**。（優惠只限指定門市）

凡購買 LINGLEE 無添加 正價產品滿$100，

即可享**10% off優惠**。（優惠只限指定門市）

我的美麗功課

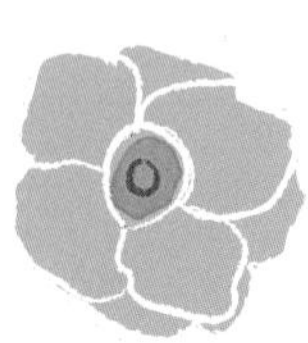

許多男人視女伴為襟上的一朵花。其實男人之於現代女性也是襟上的一朵花。彼此都不能失禮對方。既然如此，就由我們女性踏出第一步吧！

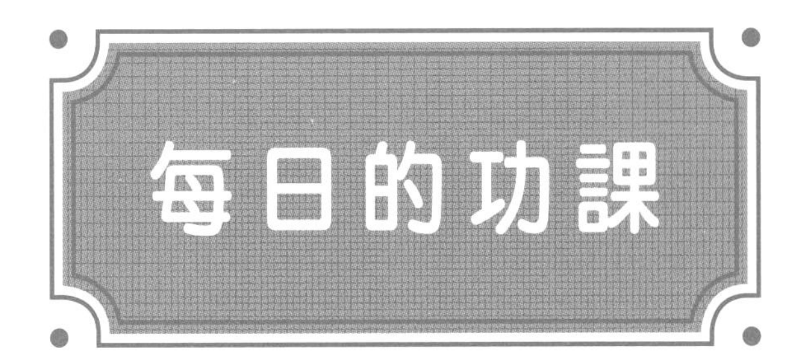

從不懶床

靜 躺 一 分 鐘

晨早一旦打開眼睛必起床。平躺在床上一分鐘左右，不會霍然彈然，讓血液循環漸漸與意識一起恢復常態。這一分鐘內，為新的一天滿心喜悅、感激並祈禱。

空中踩單車

平躺床上，雙腳舉起在空中搖動，例如空中踩單車 20 下，一能促進血液循環，二能強化腳部肌肉。然後坐起身，伸直雙腿，身體向前，用手拉緊腳趾 20 秒。

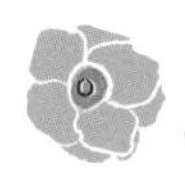

直腿彎腰收腹

下床（如果急於上廁所的話，先去廁所）。立在床邊，做一個直腿彎腰收腹的伸展運動，兩手下垂，手指盡量着地，維持動作 30 秒。

空中踩單車

直腿彎腰收腹

洗臉

A 美肌食鹽洗臉法

對象： 油性皮膚

材料： 美肌食鹽一茶匙

用法： (1) 在熱水中加入美肌食鹽拌勻，待溫。

(2) 卸妝、潔淨臉部後浸入面盆內兩三秒，再用小毛巾洗臉。

功效： 去除角質，收縮毛孔，消除油脂，改善潮紅。

B 洗米水洗臉法

對象： 偏油性皮膚，毛孔粗大或經常長痘痘

材料： 洗米水一小盆

用法： (1) 把洗米水加熱使用，待溫。

(2) 浸入面盆內兩三秒，再用小毛巾洗臉。一星期用兩至三次。

功效： 能去油污，又不刺激皮膚。

C 加蜜洗臉法

對象： 乾性皮膚

材料： 蜂蜜一茶匙

用法： (1) 在熱水中加入蜂蜜拌勻，待溫。

(2) 用蜂蜜水來輕輕拍打臉部大約五、六下，然後輕輕按摩一分鐘。

功效： 促進皮膚癒合，抗衰老，防止皮膚乾燥。

D 米醋洗臉法

對象：　敏感性皮膚

材料：　純米醋一茶匙

用法：　(1) 在溫水裏加純米醋拌勻，洗臉。

　　　　(2) 至少一星期用一次。

功效：　抑制細菌滋生，軟化皮膚角質層，恢復皮膚的光澤和彈性。

E 綠茶水洗臉法

對象：　濕疹患者、長期對着電腦工作人士

材料：　綠茶兩杯

用法：　(1) 在面盆中注入泡好的綠茶水，待溫。

　　　　(2) 每次洗臉三分鐘，用毛巾印乾後，立即抹上適量蘆薈修護精華素。

功效：　抗氧化，抗輻射，防止肌膚提早衰老，減少過敏反應，緩解皮膚乾燥。

每日一課

〈油性皮膚〉P.60

〈乾性皮膚〉P.62

〈電腦與皮膚〉P.64

照鏡

走進洗手間第一件事找鏡子，不只看看自己的儀態和表情，也看看自己在別人眼中是甚麼樣子。

每日一課

〈女人與鏡子〉P.14
〈鏡子是魔法棒〉P.16

微笑

學習微笑，不單讓人看來有氣質，而且有貴氣；看事物也豁然清晰了，角度正面了。

每日一課

〈笑容令人長青〉P.24
〈因為微笑 所以年輕〉P.26

早餐與溫開水

飲一杯溫開水，這時通常會上廁所，讓積存體內的物清理乾淨。也有人吃完早餐後才會上廁所。因為便秘是天然美容的大敵。

每日一課

〈養生細節〉P.90
〈為什麼要喝白開水〉P.106
〈飲水與打嗝〉P.108

買菜

我是家庭主婦，也是事業女性。為了好好愛護家人和自己的飲食與營養，在沒有應酬的日子，晚餐必定由我自己操刀。一星期必有三日到 Citysuper 買菜，一來對它的貨品有信心，二來這裡也是我 Ling Lee 產品的銷售點，我會抽時間跟他們的總裁 Thomas Woo 在這期間見見面，討論一下 Ling Lee 產品的情況，並聆聽他給予的建議和鼓勵。

每日一課

〈家也是個文化沙龍〉P.174

上班

在辦公室內，每小時會抽五至十分鐘做點提神醒腦小功課。例如：

- 飲一杯白開水
- 拍打肩膊五十下

  左手拍打右肩膊、右手拍打左肩膊各五十下，拍打時要放軟全身和雙手，坐着做或站着做這鬆弛運動都可以。

- 按摩耳朵小動作

  工作時、看書時摸一摸、捏一捏耳朵，對許多常見病都有輔助治療的作用。

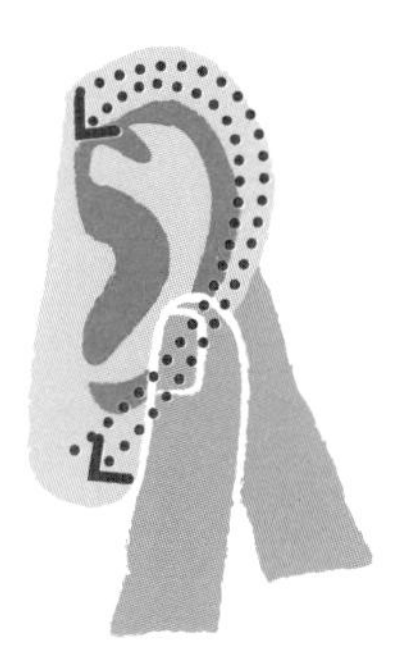

按摩耳輪
用姆指、食指沿外耳輪上下、來回摩擦至耳輪發熱為度，有助防治感冒、治療失眠和耳聾。

按摩對耳輪
用姆指、食指沿對耳輪上下、來回摩擦至對耳輪發熱為度，有助防治頸、腰、腿痛，並可治療甲狀腺、乳腺疾病。

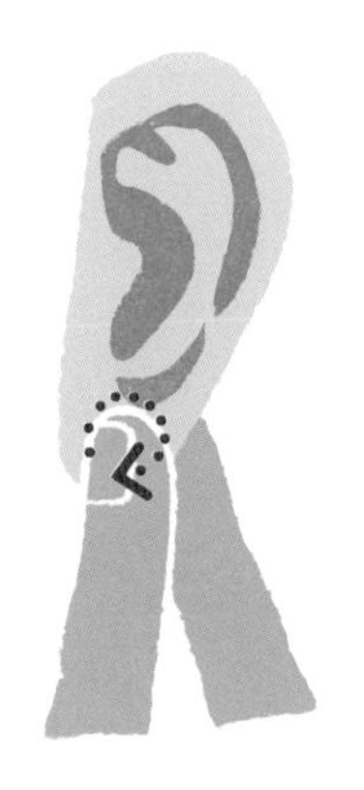

捏耳垂
用手指捏耳垂至發熱為度，有助防治頭痛、頭暈、健忘、小兒發熱和感冒，並可明目、聰耳和美顏。

- 梳頭

用木梳從前額向頭頂至後面梳刷；之後左右梳刷，又從後頸部向頭頂梳刷。這運動能刺激頭皮神經末梢和穴位，促進血液循環、頭髮生長，防止大量脫髮，又能消除疲勞、強身健腦。

- 午飯

可以的話我都盡量減少商務午餐。會設法留在辦公室與同事一起午飯，藉此增進彼此的關係，令辦公室氣氛更融洽，工作更順暢、更有創意。

- 午飯後小睡

小睡養顏又養生。午飯後或下午時分找十五分鐘小睡，不但令皮膚得到保養，還可把上午工作積聚的疲勞消除、精神復原過來，令腦筋充滿活力。

每日一課

〈健康地到一百歲〉P.86
〈美目養成法〉P.136

洗澡

有皮膚病或皮膚敏感的人：

（1）不應用使用人造香氣的肥皂。

（2）不選用含SLS及致敏物質的洗澡液。

（3）洗澡完後用毛巾把身體印乾（不是大力擦乾）。

（4）均勻地抹上可信靠的護膚油或護膚露。

每日一課

〈護膚不是成年人的專利〉P.32
〈皮膚病患的洗澡經〉P.48
〈沖涼與肥皂〉P.50
〈淋浴泡澡大不同〉P.52
〈浸浴與皮膚〉P.54

晚餐

家裏煮菜的油是純正野生山茶食用油。如果在家晚飯，飯後會休息半小時至一小時，期間用右手在腹部順時針方向按摩，幫助胃、大腸蠕動，促進消化。之後如有時間，我會到公園或戶外健步半小時。

每日一課

〈能補腦的食油〉P.152
〈養顏益壽揉腹法〉P.164

就寢前的功課

就寢前的時間多是用來寫稿、看書，有時還會看日本或韓國劇集。當然，少不了睡前運動——床上伸展運動和平甩功。

每日一課

〈睡前運動〉P.110

MY
MEMO

每週的功課

泡腳

對於缺乏運動的現代人來說，泡腳最能促進血液循環。逢星期一、三、五晚泡腳，時間最好是晚上睡前或晚飯兩小時後進行，一般是二十分鐘。

A 純熱水泡足法

功效： 疲勞盡消。

B 粗鹽／米醋泡足法

功效：活血舒筋，寧心安神，改善睡眠。

C 美肌食鹽泡足法

功效：美足消腫。

D 薑粉泡足法

功效：溫經散寒暖胃。

每週一課

〈泡腳梳頭搓腳心〉P.116
〈日日泡腳可長壽〉P.118
〈你適宜泡腳嗎？〉P.120
〈泡腳的最佳時間〉P.121
〈緩解高跟鞋「痛苦」〉P.122
〈治療腳氣的泡腳材料〉P.124

曬太陽

每星期三至五次曬太陽，每次十五分鐘已足夠；能促進身體裏維他命 D 的合成，增加鈣質的吸收。

每週一課

〈需要猛太陽〉P.96
〈別提早骨質疏鬆〉P.146

修整指甲

沒有女人不愛惜自己的指甲的，指甲上的變化也標示了健康情況。

每週一課

〈指甲與健康〉P.135

慢食

因為慢食，故此容易飽，因而可以減肥；同時幫助消化，趕走胃病；還能令人變得心平氣和，讓我們齊齊來慢食吧。

每週一課

〈年紀與美容飲食〉P.78
〈慢食以養生〉P.104
〈消積食小法寶〉P.162

特別添加的營養品

我泡製蒜頭浸米醋和使用純正野生山茶食用油，原是為減肥美顏，同時能降三高，還有很好的健腦作用。

每週一課

〈提升身體免疫力〉P.92
〈能補腦的食油〉P.152
〈東方橄欖油（食用山茶油）〉P.154

MY
MEMO

臉部護理

有人以為天天做磨砂、敷面膜就會使皮膚變得水嫩，不是的，也要看看你皮膚質素才行。

A 去死皮（角質層）護膚

材料：幼砂糖一茶匙、適量椿花油

做法：做的時候一定要輕手，磨半分鐘已經可以了；一個月一次，甚至三個月一次都不為多。

B 去唇上死皮

材料：幼海鹽約半茶匙、椿花油或橄欖油數滴

做法：(1) 把幼海鹽放在掌心，加入一點清水，輕輕調勻。

(2) 待鹽仍是粒狀時，用另一隻手的手指沾一點鹽來回的摩擦上唇及下唇，乾了，再沾一點鹽再磨。大約做兩分鐘。

(3) 用清水清洗雙唇。用毛巾印乾。

Ling姐推薦：石榴籽粉面膜

材料： 石榴籽粉一茶匙

做法： (1) 用清水逐點逐點把石榴籽粉調成糊狀。

(2) 把面膜糊敷在洗乾淨的臉上、眼四周和嘴唇。

(3) 乾透後用清水洗淨，再抹上兩滴椿花油，皮膚馬上變靚。

功效： 有助改善皮膚彈性，回復青春。

每月一課

〈你適合做磨砂和面膜嗎？〉P.72
〈去黑眼圈、消除皺紋的神仙粉〉P.74
〈讓嘴唇滋潤性感〉P.76

剪髮、脫毛

除非必要，最好不要隨便脫毛。因為毛髮之於皮膚猶如衣服有保護的作用，愛美也得注意健康。

每月一課

〈身體髮膚受之父母〉P.134

鍛鍊腦筋

避免出現腦退化，其實最好的方法是學習，終身學習。

每日一課

〈搓腳趾增強記憶〉P.128
〈擊退腦退化症〉P.130

向自己的心交待

心理健康也是極重要的養生功課之一。我們必須學習如何駕馭自己的情緒，要令自己常常快樂。請謹記要做到這三種「快樂」——知足常樂、自得其樂、助人為樂，你不僅長壽健康還青春常駐呢！

每日一課

〈為自己走出一片天〉P.18
〈人比人比死人〉P.20
〈驅走抑鬱 天天開心〉P.28
〈爽快是養生的一門功課〉P.102

MY
MEMO

每年的功課

身體檢查

每個人從呱呱落地到進入高齡，在生理上、心理上都會出現變化，是為人生的必經歷程。所以，女性進入四十歲後，就該做生理和心理的保養。

每年一課

〈生理和心理的保養〉P.142
〈番薯與婦女更年期〉P.144
〈別提早骨質疏鬆〉P.146
〈女子當健膝〉P.148

檢查衣櫃

真正曉得交朋結友的人，都着重對方的品質和修養；外表？穿戴整齊又得體已經 100 分了。

每年一課

〈現代女性〉P.12

條款及細則

1. 此券有效期由即日起至2018年10月31日止
2. 請於付款前出示此券，每人每次只限使用一張
3. 此券只適用於購買正價Ling Lee 無添加系列產品
4. 此券不可與其他優惠同時使用
5. 影印本恕不接受
6. 此券不可兌換現金或作現金找續
7. 此券適用於全線煤氣客戶中心、名氣廊及煤氣烹飪中心
8. 此券不適用於 www.towngasshop.com
9. 香港中華煤氣有限公司保留使用此券之最終決定權

LLNB201805

條款及細則

1. 此優惠券有效期由即日起至2018年12月31日止
2. 請於付款前出示此券，每人每次只限使用一張
3. 影印本恕不接受
4. 此券不可兌換現金或作現金找續，不能與其他優惠同時使用
5. 此優惠券只適用於指定門市
6. 三聯書店（香港）有限公司保留使用此券之最終決定權

條款及細則

1. 此優惠券有效期由即日起至2018年12月31日止
2. 請於付款前出示此券，每人每次只限使用一張
3. 影印本恕不接受
4. 此券不可兌換現金或作現金找續，不能與其他優惠同時使用
5. 此優惠券只適用於購買正價貨品
6. 此優惠券只適用於指定門市
7. 商務印書館（香港）有限公司保留使用此券之最終決定權

條款及細則

1. 此優惠券有效期由即日起至2018年12月31日止
2. 請於付款前出示此券，每人每次只限使用一張
3. 影印本恕不接受
4. 此券不可兌換現金或作現金找續，不能與其他優惠同時使用
5. 此優惠券只適用於指定門市
6. 中華書局（香港）有限公司保留使用此券之最終決定權